CHORO POR TI, BELTERRA!

Nicodemos Sena

CHORO POR TI, BELTERRA!

LetraSelvagem

Grafia atualizada segundo o Acordo Ortográfico da Língua Portuguesa de 1990, que entrou em vigor no Brasil em 2009.

Direitos desta edição reservados à
Associação Cultural LetraSelvagem:
Estrada Municipal Jesus Antonio de Miranda, 1301, Ribeirão Grande,
Caixa Posta 63, CEP 12.400-970, Pindamonhangaba-SP/Brasil.
Tel: (55) (12) 99634-5623 / (12) 99203-3836.
letraselvagem@letraselvagem.com.br
www.letraselvagem.com.br

Diagramação: Cesar Neves Filho
Capa e foto do autor: James Cabral Valdana
Preparação de texto e revisão: Marli Perim
Fotos da capa e miolo: N. Sena

O logotipo Letr*a*Selvagem *foi idealizado a partir de cerâmica Aruak, padrões utilizados nas bordas dos vasos, compilados por Koch-Grunberg em 1910.*

Coleção BOCA DE LUAR
Organizador: Nicodemos Sena

Dados Internacionais de Catalogação na Publicação (CIP)
(LetraSelvagem, Taubaté, SP, Brasil)

Sena, Nicodemos, 1958 –
Choro por ti, Belterra! / Nicodemos Sena. —
Taubaté, SP: LetraSelvagem, 2017.
192 p./ 1ª edição

ISBN 978-85-61123-23-9

1. Literatura Brasileira — Crônica
I. Título. CDD — B869.8

Coleção Boca de Luar
VOL. 2

SUMÁRIO

Apresentação: Em busca das raízes no Brasil profundo..........7

À guisa de prefácio: Caixa de Pandora..........17
Primeiro episódio..........23
Segundo episódio..........29
Terceiro episódio..........36
Quarto episódio..........44
Quinto episódio..........53
Sexto episódio..........58
Sétimo episódio..........62
Oitavo episódio..........67
Nono episódio..........74
Décimo episódio..........80
Décimo primeiro episódio..........86
Décimo segundo episódio..........91
Décimo terceiro episódio..........96
Décimo quarto episódio..........104
Décimo quinto episódio..........112
Décimo sexto episódio..........119
Décimo sétimo episódio..........123
Décimo oitavo episódio..........134
Décimo nono episódio..........143
Cronologia biobibliográfica..........153
Notícias e críticas acerca de Nicodemos Sena..........159
Fortuna crítica..........183

Apresentação

EM BUSCA DAS RAÍZES NO BRASIL PROFUNDO

Por Adelto Gonçalves[1]

O homem, através dos tempos, sempre sonhou com o retorno às suas raízes, ou seja, à terra de seus pais e avós ou mesmo ao local onde nasceu e de onde saiu para ganhar o mundo. Talvez tenha sido assim desde a Antiguidade, como se pode ler em *A Odisseia*, grande obra clássica e épica do poeta grego Homero (século VIII a.C.), que conta a história de Ulisses (Odisseu), rei de Ítaca, ilha supostamente localizada no mar Jônico, que seria casado com Penélope e tinha um filho, Telêmaco.

Quando Páris, príncipe troiano, raptou Helena, a mulher mais bela do mundo e esposa de Menelau, rei de Esparta, preparou-se uma expedição contra Troia, na qual Ulisses tomou parte ativa. Durante os dez anos do cerco a Troia, Ulisses teve um papel decisivo. Depois, com as feridas cicatrizadas, levou mais dez anos para retornar a

---

[1] Adelto Gonçalves, mestre em Língua Espanhola e Literaturas Espanhola e Hispano-americana, e doutor em Literatura Portuguesa pela Universidade de São Paulo (USP), é autor de *Os vira-latas da madrugada* (Rio de Janeiro, José Olympio Editora, 1981; Taubaté, LetraSelvagem, 2015), *Gonzaga, um poeta do Iluminismo* (Rio de Janeiro, Nova Fronteira, 1999), *Barcelona brasileira* (Lisboa, Nova Arrancada, 1999; São Paulo, Publisher Brasil, 2002), *Bocage – o perfil perdido* (Lisboa, Editorial Caminho, 2003), *Tomás Antônio Gonzaga* (Academia Brasileira de Letras/Imprensa Oficial do Estado de São Paulo, 2012), e *Direito e Justiça em Terras d'El-Rei na São Paulo Colonial* (Imprensa Oficial do Estado de São Paulo, 2015), entre outros.

sua Ítaca, onde estavam suas raízes, a pátria de seus sonhos. Mas o importante da história não é o seu retorno, mas a longa e sobressaltada viagem que fez para voltar para casa.

Com isso, parece que Homero queria dizer que todo homem sempre sonha com o seu retorno às raízes, o eterno retorno, de que dizia o filósofo alemão Friedrich Nietzsche (1844-1900).Se tudo retorna eternamente, o futuro já é um passado; e o presente é tão passado quanto o futuro, dizia o filósofo.

Em *Assim falou Zaratustra* (1883-85), Nietzsche retoma a ideia do devir formulada por Heráclito (535 a.C-475 a.C) segundo a qual tudo flui, tudo muda, tudo passa e tudo retorna, girando assim a roda deste mundo.

Em *A insustentável leveza do ser*, Milan Kundera conta que, certa vez, ao folhear um livro sobre Adolf Hitler (1889-1945), emocionou-se com algumas fotos do ditador, pois lhe lembravam o tempo de sua infância. "Essa reconciliação com Hitler trai a profunda perversão moral inerente a um mundo fundado essencialmente sobre a inexistência do retorno, pois nesse mundo tudo é perdoado por antecipação e tudo é, portanto, cinicamente permitido", escreveu.

Já o filósofo romeno Mircea Eliade (1907-1986), em *O mito do eterno retorno*, lembra que este mito existe em todas as religiões, pois reconstitui a passagem do tempo, o percurso entre o começo e o fim, a vida e a morte. Para Eliade, ao narrar um mito, reatualizamos, de certa forma, o tempo sagrado no qual se sucederam os acontecimentos de que falamos, como diz em *Imagens e símbolos* (1961). É esse tempo sagrado que nos ficou na memória que, de certo modo, todo homem procura reconstruir, ao buscar suas raízes.

Foi, aliás, o que este crítico procurou fazer em janeiro de 1990, quase quarentão, depois de entrevistar o escritor catalão Eduardo Mendoza, em Barcelona, para um trabalho de mestrado na Universidade de São Paulo (USP), ao viajar de trem até Vigo, na Galiza, e de lá de caminhoneta rumo ao Porto, para no dia seguinte buscar na freguesia de Carvalhosa, comarca de Paços de Ferreira, no Norte de Portugal, o lugar de Peias e possíveis vestígios da sua família paterna, 60 anos depois que seu pai largara aquela terra para nunca mais vê-la. Levado por um parente compungido, conhecido no local e na hora, porém, o que encontrou foram só os retratos dos avós numa lápide do cemitério do vilarejo, imagens que já trazia na lembrança, pois eram as mesmas fotografias que costumava ver nas mãos do pai, que perdera aos 14 anos de idade.

De certo modo, é o relato de viagem semelhante, ao interior de si mesmo e, portanto, de volta às raízes, o que o leitor vai encontrar em *Choro por ti, Belterra!*, narrativa de Nicodemos Sena, publicada originalmente como folhetim no jornal "O Estado do Tapajós", de Santarém do Pará, na Amazônia brasileira, terra natal do escritor. A diferença é que Nicodemos Sena teve a oportunidade (e a felicidade) de, cinquentão, em 2014, levar o pai Bernardino Sena, então com 78 anos de idade, para ver o que restara, mais de seis décadas depois, do lugar em que vivera "cinco inesquecíveis anos de sua vida juvenil".

Em 19 episódios, Nicodemos Sena reconstitui o dia em que fez essa viagem de retorno às origens em companhia de seu pai, depois de um percurso de algumas horas pela rodovia Santarém-Cuiabá, até entrar numa estradinha de terra que leva à Estrada Um e, enfim, às ruínas da cidadezinha de Belterra, que na década de 1940 fora dirigida pela Ford Motor Company, empresa do magnata norte-americano Henry Ford (1863-1947), que, em plena Segunda Guerra Mundial (1939-1945), tentaria fazer da extração da borracha uma atividade lucrativa, fornecendo os pneumáticos necessários para movimentar os veículos militares.

Não se pode dizer que se trata de um romance nem tampouco de um conto que se tenha derramado por causa de uma prosa poética. Não é também uma simples reportagem, pois não constitui a mera literalização dos acontecimentos de um dia na estrada. Neste caso, cada encontro no caminho com esporádicos moradores perdidos naquelas paragens do Brasil profundo serve como motivo para um ou mais comentários, como aquele episódio em que o cronista depara-se, em meio ao tórrido calor do meio-dia amazônico, dentro de um casebre em que não havia água encanada e muito menos tratada, com uma menina que não parava de manipular a tela de um telefone celular.

É, isso sim, um texto híbrido que se assume como uma crônica repassada de lirismo, uma narração das vicissitudes vividas pelo narrador em companhia do pai, que faz, com a ajuda do filho, uma viagem de retorno à infância para reencontrar todos os fantasmas que ainda assolam seus pensamentos.

Ou ainda uma narrativa poética que, ao reunir musicalidade e metaforização, faz com que o narrador desfie o novelo da memória, em tom de conversa com o leitor em que não dispensa nem mesmo citações de autores, como o português Fernando Pessoa (1888-1935), o colombiano Gabriel García Márquez (1927-2014), o mexicano Juan Rulfo (1917-1986) e o norte-americano William

Faulkner (1897-1962). Como se sabe, o que une esses autores de nacionalidades tão distintas é a construção metafórica de um lugar mítico, que existe só na alma do próprio autor, como "o rio da minha aldeia" do heterônimo pessoano Alberto Caeiro. Em resumo, o texto dialoga com o mito do eterno retorno, ao praticar a intertextualidade com discursos canônicos, reconstruindo, dessa forma, metáforas da precária condição humana.

Autor de livros que já se tornaram referências obrigatórias dentro da Literatura Brasileira, como os romances *A espera do nunca mais* (1999), *A noite é dos pássaros* (2003) e *A mulher, o homem e o cão* (2009), trilogia que constitui uma saga amazônica, Nicodemos Sena mostra em *Choro por ti, Belterra!* que pode ser também considerado um cronista da estirpe de Carlos Drummond de Andrade (1902-1987), Rubem Braga (1913-1990) ou Fernando Sabino (1923-2004).

A diferença é que, em vez da fugacidade dos registros do cotidiano das ruas do Rio de Janeiro que se leem nas crônicas daqueles grandes mestres, o que o leitor descobrirá nestes episódios é não só a Amazônia que é vista ainda como exuberante paraíso tropical, mas também aquela que governantes corruptos permitiram que continuasse a ser destruída, tomada por aventureiros "gananciosos e cruéis, os quais, sem escrúpulos, saqueiam e depredam os bens da terra, auxiliados por 'mucamas' e 'mordomos' (degenerados filhos da terra) que, a troco de migalhas e posições, passaram-se para o lado dos inimigos".

Para

Bernardino Sena,
que me ensinou a arte de narrar,
antes da escrita

E para

Miguel de Oliveira
Oscar D'Ambrosio
Ronaldo Cagiano
Salvelino Dias da Costa

"Fui até ao campo com grandes propósitos.
Mas lá encontrei só ervas e árvores."

FERNANDO PESSOA
("Tabacaria")

À guisa de prefácio

CAIXA DE PANDORA

Corria o ano de 2014, mais precisamente o mês de julho daquele ano, quando iniciei a série de dezenove episódios, publicados em folhetim no jornal "O Estado do Tapajós", de Santarém do Pará, Amazônia brasileira, terra que me viu nascer e crescer, e onde espero fincar, em minha lápide, o seguinte epitáfio: "Aqui jaz um homem que nem a morte o separou de sua pátria amazônica". Entrego-os, agora, ao leitor, no formato livro, sabendo, de antemão, que a obra poderá até não agradar ao "leitor médio", que se acostumou às inofensivas efemérides, mas não o deixará indiferente.

Desde que iniciei a minha colaboração no referido jornal, escrevia sobre fatos e episódios, vividos ou de ouvi dizer, gravados na memória ou em recortes de jornais e revistas, ou na página de livros já amarelecidos e carcomidos pelo tempo, os quais, nas minhas andanças de um lugar para outro, nas muitas vilas e cidades onde já morei, foram sendo guardados, à revelia de minha vontade, tão fortes que eram os fatos e episódios, naquilo que chamo de o meu "Balaio Amazônico", espécie de Caixa de Pandora da lenda grega, onde a chave para a decifração dos enigmas do homem foi preservada.

Todo cinquentão que nem eu, goste ou não do que lerá neste livro, compreenderá o que estou a dizer. Pois todo cinquentão já viveu o suficiente para também ter consigo o seu "baú" de lembranças e relembranças, e conhece a dor que sentimos quando remexemos nas coisas que queremos esquecer e que, quanto mais o tempo passa, invadem nossos dias com mais insistência.

É que todo cinquentão acaba descobrindo que dentro da sua Caixa de Pandora, ou do seu Baú de Lembranças, ou (como é o meu caso) do seu "Balaio Amazônico", além de amarelecidos recortes e velhos livros, há também gente antiga, de carne e osso, que ainda vê, analisa, pensa, reflete e filosofa, sobre a natureza, sobre a vida, sem que alguém se dê conta de sua existência. Gente como eu e você, que nasceu, batalhou e teve a sua importância, ainda que pequena, neste competitivo mundo, mas, pela "seleção natural" da vida social, foi deixada para trás e substituída pelas novas gerações e tornou-se gente "invisível" a atravancar o dia a dia das famílias, ruas, bairros, cidades e até mesmo do país que ajudou a construir.

Tenho várias pessoas assim, dentro do meu Baú de Lembranças. Uma dessas pessoas, num país que infelizmente descarta tão facilmente os idosos, é o meu pai Bernardino Sena. Aos 78 anos de idade, no auge de sua experiência e sabedoria, como tantos idosos em nosso país, viu-se lançado num baú de lembranças, de onde, durante dez dias, consegui retirá-lo.

Bernardino Sena, meu pai, a quem os mais íntimos chamam de "Bibi", nasceu no Lago Grande, município de Santarém, em 1934. Quinto filho de primos legítimos — Raimunda Sena, mais conhecida por "Guida", e Francisco Sena, o "Pachico". Ficou órfão com um ano de idade, quando o pai, o avô, também conhecido como "Bernardino Sena" (pai de Guida) e outros membros da família faleceram vitimados pela que ficou conhecida como a "Grande Peste de Impaludismo" (na verdade, surto mortal da malária) que, em poucos dias, aniquilou milhares de pessoas no Baixo-Amazonas.

A mortandade teria sido tão nefasta que quase não sobrava gente para enterrar os mortos. Crianças continuavam mamando nos seios das mães mortas. Remadores desfaleciam e morriam sem chegar ao cemitério onde iam enterrar alguma vítima da tragédia, deixando a canoa à deriva.

Com 21 anos, Guida escapou da peste, mas não da miséria que se seguiu. Viúva, com cinco filhos entre 1 e 6 anos para criar, viu-se obrigada a aceitar emprego de doméstica em casa de uma parenta que se casara com um militar que viera do Sul e prestava serviços em Óbidos, isto porque o sogro Figueira apoderou-se da casa e do gado que o falecido Francisco Sena deixara. Sem condições para levar consigo os filhos, deixou-os no Lago Grande com parentes e vizinhos.

Coube ao bebê Bernardino Sena ficar na casa do fazendeiro Teodoro.

É desse primeiro período de sua vida que meu pai guarda as lembranças mais dolorosas, como o dia em que foi seviciado por um dos filhos de Teodoro. Cena terrível, que, ainda hoje, quando meu pai se lembra, o faz chorar. Vem descrita no primeiro episódio de *Choro por ti, Belterra!*, e, a fim de que o leitor compreenda por que dei a este livro esse título, escreverei outras cenas, que se passaram durante os dez anos em que papai esteve separado de sua mãe Guida, até que mãe e filho, em 1944, em plena Segunda Guerra Mundial, se reencontraram. Esse reencontro de mãe e filho, que se deu em Belterra, também compõe um dos episódios deste relato.

1º de janeiro de 2017.

Nicodemos Sena

CHORO POR TI, BELTERRA!

PRIMEIRO EPISÓDIO

Chegamos no dia anterior a Santarém. Nesse primeiro dia, andamos pela cidade a esmo, como que procurando algo muito importante, que, no entanto, sabíamos de antemão que não íamos encontrar, mas, mesmo assim, procurávamos, olhando detidamente para as paredes em ruínas de velhas casas e casarões. Eu e meu pai procurávamos vestígios do tempo em que fôramos felizes em Santarém, um tempo que, infelizmente, nunca mais voltará.

No outro dia, bem cedinho, num carro alugado, reiniciamos essa busca desesperada por nós mesmos. Deixei que meu pai me levasse aonde quisesse. E o carro tomou o rumo de Belterra.

Enquanto eu dirigia, era capaz de ouvir, em silêncio, o que meu pai ia pensando. Ele olhava para a paisagem urbana que ia ficando para trás, para a desordenada ocupação do solo que ia transformando Santarém em mais uma cidade qualquer, com sua feiura arquitetônica e a miséria social e humana. Via seus olhos fixos nessa paisagem desoladora, nas margens da Estrada Santarém-Cuiabá (que há quatro décadas começara a ser construída e até aquele dia não fora finalizada!) com aspectos de "cabas" marroquinas, mas sabia que meu pai nada via. Seus olhos eram o seu pensamento fixo no passado.

Como sempre, meu pai parecia tranquilo, mas eu sabia que, desde que saímos de São Paulo, ele estava agitado. Não falava no assunto, mas a promessa que lhe fiz de revisitarmos Belterra, onde ele viveu cinco inesquecíveis anos de sua vida juvenil, deixou-o em polvorosa expectativa interior, que se manifestava de vez em quando naquela tossezinha tipicamente nervosa que nos acomete quando achamos que algo muito ansiado está para acontecer.

Eu sabia que, enquanto a paisagem de beira-estrada ficava para trás, meu pai ia se lembrando da baralhada história de sua vida na Amazônia, cujo sentido ele ainda luta para encontrar. Como, por exemplo, o episódio em que um menino foi entregue pela mãe, ainda bem novinho, aos cuidados do "padrinho" (aquela pessoa em geral poderosa, a cuja proteção os pais pobres da Amazônia confiam seus filhos, resultando entre os pais e o "protetor" uma relação de "compadrio", em que o protegido é "afilhado").

O padrinho do meu pai foi um fazendeiro do rio Amazonas, chamado Teodoro, que o levou para a *Ilha dos Patos* (torrão de várzea que se forma durante o verão, no Lago Grande, município de Santarém, de onde se origina a nossa família). Na Ilha dos Patos o velho tinha uma casa grande de madeira, coberta de telhas, avarandada, muito alta, para não ser afogada pela enchente que todos os anos inunda as várzeas do grande rio.

Num daqueles invernos diluvianos, fugindo das grandes águas, Teodoro foi com os bois para a *terra-firme*, porção de terra que as enchentes dos rios não conseguem inundar durante o período das grandes chuvas, que acontecem de janeiro a junho. Deixou na Ilha o filho mais velho, o Antônio, com a incumbência de cuidar dos carneiros, das galinhas, dos patos e animais menores.

E assim, o pequeno e frágil menino ficou só, naquele

ermo, com o forte e malvado Antônio. Um dia, Antônio derrubou o menino no chão e, com a palmatória que tinha um buraco no meio, bateu na sola dos pés do coitado, uma, duas, três, muitas vezes, sem motivo, só pelo prazer de bater. O pequeno chorou e esperneou, mas Antônio segurou-o com uma mão e bateu com a outra; bateu tanto, tanto... que o menino, já sem sentir os pés, parou de chorar e esperou que o outro se cansasse. Vendo que prendia o choro, Antônio se zangou e continuou a bater, cada vez mais forte, até que o menino voltou a chorar. Antônio então soltou uma gargalhada e largou-o, mas continuou nervoso, sossegando apenas quando voltou a bater.

No outro dia, foram pescar, Antônio e o menino, sozinhos, dentro da canoa. Na volta, de repente, sem quê nem pra quê, Antônio olhou para o *curumim* fixamente, de um jeito esquisito, parecendo já outra pessoa, e parou de remar, soltando a seguir uma risada estridente. O menino pressentiu o que ia acontecer, mas não tinha para onde correr, a canoa não passava de um ponto entre céu e água. Sentindo-se um ninguém, o menino esperou, enquanto Antônio, à sua frente, ia crescendo, crescendo... Não compreendia por que aquilo tinha que acontecer.

"Qual a minha culpa? O que eu fiz? Foi pra isso que eu nasci?", se perguntava o pequeno, olhando para as águas turvas do lago e pensando em lançar-se fora da canoa, mas tinha apenas cinco anos e mal sabia nadar.

Como que adivinhando o pensamento do menino, Antônio largou o remo e esticou o braço na direção do pequeno, que se encolheu todo, mas não pôde evitar que o outro lhe agarrasse os cabelos.

Antônio jogou o menino dentro d'água e este foi lá

no fundo e voltou batendo os braços, mas logo afundou novamente sob a forquilha de um varejão que Antônio meteu em seu pescoço e segurou um tempão lá no fundo, depois afrouxou. O menino voltou à tona quase morto, mas Antônio empurrou e afrouxou, empurrou e afrouxou. O pequeno afundava e boiava, afundava e boiava, passando-se nisso muito tempo, até que Antônio se cansou de afogar e puxou o menino pra dentro da canoa, mas ele não teve sossego. Enquanto respirava, Antônio abaixou o calção, defecou dentro da cuia e jogou-o no fundo da embarcação; depois botou um dos pés sobre o pescoço do menino e forçou-o a abrir a boca, enfiando o excremento para que o comesse, mas o pequeno trancou a garganta e não engoliu. Antônio tornou a jogá-lo dentro d'água e pôs-se a afogá-lo com a forquilha. O menino afundava e voltava, afundava e voltava...

Antônio ia matar o menino, mas a canoa, à deriva, aproximou-se do capinzal da margem, e o pequeno, reunindo todas as forças, bateu seus bracinhos por baixo do capinzal e nadou até boiar lá na frente, no meio do capim.

Antônio gritou:

— Seu filho duma puta! Onde estás? Vem pra cá senão te mato!

Apenas com o nariz de fora, sentindo a corrente fria por baixo de si, mal escutando os gritos de Antônio, o menino se perguntava "E agora? O que faço?", quase morrendo só em pensar que debaixo do capinzal moravam *sucurijus* gigantes, que chegam a 10 metros de comprimento e são capazes de engolir uma pessoa inteira, mas pouco a pouco foi se acalmando.

Antônio havia parado de chamar e enfiara a proa da canoa no capinzal à procura do menino, o qual, criando coragem, foi nadando por baixo do capim. Nadava e boiava, nadava e boiava, deixando de fora apenas o nariz.

Pensando que o menino havia morrido, Antônio parou de bater no capinzal e se aperreou. Como explicaria ao pai a perda do afilhado?

Enquanto isso, o pequeno seguia nadando. Mergulhava e respirava, mergulhava e respirava, a esmo, sem saber qual rumo tomar, parecendo que o capinzal nunca ia acabar.

Já escurecia. Sapos coaxavam por todos os lados. Cada vez que um capim relava em seu corpo, o pequeno pensava que era uma *sucuriju* e estremecia, mas não parava de bracejar, tinha que sair do capinzal.

O aspecto do meu rosto se altera toda vez que eu conto essa história a alguém, pois sempre o interlocutor olha-me de um jeito diferente e pergunta o que me acontece.

— Nada, apenas uma coisa à toa, que eu nem sei de onde vem — respondo, fingindo estar tudo bem, mas, na verdade, ao pensar nos sofrimentos que meu pai amargou quando era menino, sinto-me muito triste, como se a minha vida fosse também um imenso capinzal, do qual jamais sairei.

Olhando para o meu rosto estampado no retrovisor do carro que nos leva para Belterra, enxergo refletida a mesma tristeza que também deve estar sentindo o meu pai, o qual continua em silêncio ao meu lado, apenas de vez em quando apontando para alguma coisa que atrai a sua atenção na beira da estrada, coisa que de algum modo se conecta com o seu passado. Piso devagar no acelerador do carro, sabendo que, depois de tantos anos de espera, não precisamos agora ter pressa em chegar a um lugar que de antemão sabemos que estará lá, sim, com a mesma área e o mesmo nome, mas, na verdade, existirá? E meu pai estará preparado para se deparar com os fantasmas que visitam as suas lembranças mais remotas? Eu também me preparo mentalmente para ser testemunha de instantes únicos na vida do meu pai. 50, 45, 40, 35, 30, 25, 20, 15, 10, 5 quilômetros nos separam do lugar em que meu pai diz ter sido muito feliz. Vamos tão absortos em nossos pensamentos, que me passa despercebido o ponto em que devemos deixar a eternamente inconclusa Estrada Santarém-Cuiabá e entrar na estrada que leva a Belterra. Percebemos o nosso "cochilo" somente dez quilômetros depois, quando somos parados pelos operários que consertam a estrada e que levantam uma placa onde se lê: ATENÇÃO: PARADA OBRIGATÓRIA.

SEGUNDO EPISÓDIO

Antes que pensássemos em regressar pela Santarém-Cuiabá a fim de tomarmos a entrada principal para Belterra, vimos, à direita, saindo da estrada em reforma, outra estrada, esta porém de terra, estreita e longa, muito longa, sulcada por pneus de carro a mostrar que, apesar de precária, era transitável.

Era uma estradinha tão longa, que ia se afinando até se tornar um pontinho na linha do horizonte; de um lado e de outro, capim baixo e uma capoeira rala na área mais afastada.

Não avistamos nenhum ser vivente, a pé ou de carro, se aventurando por aquela estrada. Hesitamos, por alguns instantes. Por mim, voltaríamos pela Santarém-Cuiabá até encontrarmos a entrada principal da cidade; seria a via mais segura.

Mas deixei que meu pai tomasse a decisão, vendo em seu rosto uma expressão parecida com decepção. Apesar de ser um homem enrijecido pelas lutas e provações da vida, meu pai é um homem sensível; já o vi passar por momentos difíceis sem dar um resmungo, e se há uma coisa de que ele não gosta é de ser pesado a alguém, nem mesmo a mim, que talvez seja a pessoa em quem ele mais confia neste mundo, pois já passamos poucas e boas juntos; nossa amizade se forjou nesses momentos de angústia, e não nos fáceis instantes de euforia, por isso não interferi nesse momento de hesitação.

Enfim, papai disse: "Sigamos por essa estradinha, pois

em Belterra todas as estradas acabam levando à Estrada Um".

Dei partida no carro e nos metemos pela estradinha de terra que parecia nunca ter fim.

Deixei o carro rolar devagarzinho naquela estrada fina e deserta. O silêncio voltou a reinar entre nós. Além dos nossos pensamentos, só escutávamos o barulho das rodas sobre a terra. "Que estrada é essa? A Sete, a Oito, a Nove ou a Dez? Cadê o povo de Belterra?", devia estar se perguntando meu pai.

"Não me lembro dessa estrada", disse ele, por fim.

"Isso é normal; depois de algum tempo, as coisas começam a se apagar em nossa memória, ou são modificadas", disse-lhe eu.

"Pouco importa", disse ele. "Pela frente ou por trás, hoje Belterra não me escapa", completou papai, com um sorriso.

O primeiro vestígio de atividade na margem esquerda

da estrada foi o portal de uma fábrica de beneficiamento de madeira, onde, numa velha placa já corroída pelo tempo, ainda se podia ler: IMEBRAS.

"Isso não existia no tempo em que Belterra era dirigida pelos norte-americanos, na década de 40 do século passado", comentou papai.

"Essa fábrica de beneficiamento de madeira provavelmente ocupa o espaço que era das seringueiras", disse eu.

A fábrica parecia desativada, pois não vimos viv'alma em nenhum lugar das instalações. Havia velhos caminhões e tratores lá ao fundo do terreno, ao lado de um galpão também com aspecto de abandono.

"Também não é fácil para essa gente que vem de fora achando que terra barata ou de graça por si só garantem prosperidade", disse eu, sem esperar qualquer comentário de meu pai, pois ele, em geral, fica "mudo" diante dos estragos que os forasteiros causam à Amazônia. Não porque não se interesse pelo destino da terra onde nasceu, mas se sente impotente para modificar o rumo dos acontecimentos.

Desta vez, porém, para minha surpresa, falou: "Os norte-americanos, que construíram Belterra, também chegaram aqui com todo o gás, achando que ia ser fácil domar a terra e o homem da Amazônia, mas, dez anos depois, acabaram indo embora derrotados pelas morrinhas da natureza e do homem."

Novo silêncio se abateu sobre nós. Mas eu era capaz de ver os pensamentos que se desenrolavam na mente de papai como um filme há muito conhecido, cujos diálogos na verdade não passavam de um monólogo que ele foi criando ao longo da vida, monólogo cheio de solilóquios, dentro dos quais centenas de personagens, reais e inventados, viviam suas vidas independentes.

O trecho que agora passava na bobina do tempo era o de um grande incêndio que já consumia pelo menos duas quadras de seringueiras, causado de propósito por seringueiros que assim esperavam ser chamados eles mesmos para apagar o incêndio e com isso ganharem pelas "horas extras" de serviço.

"Eu nunca fiz isso, filho", disse-me papai, rompendo o silêncio, sabendo que eu sabia do filme que lhe passou pela cabeça, pois já ouvira muitas vezes esse e outros episódios da antiga vida em Belterra, no tempo dos norte-americanos.

Belterra era dividida em Quadras. Em cada quadra havia uma torre de onde o vigia podia detectar com antecedência, por 24 horas, de dia ou de noite, o princípio de um incêndio. Era a luta dos norte-americanos contra o homem do lugar, arrebanhado para trabalhar numa empresa que lhe parecia estranha. E era mesmo estranha, estrangeira, dos norte-americanos, com os equipamentos e os métodos trazidos de fora, alheios à experiência e cultura do povo local.

"Os norte-americanos não eram bonzinhos, como querem se mostrar, mas trouxeram coisas boas que o nosso povo não soube aproveitar, como educação e disciplina no trabalho", disse meu pai.

"E agora, 65 anos depois, na memória parece que foi ontem, mas ao mesmo tempo já vai longe demais", disse eu, enquanto continuávamos rodando pela estrada deserta.

"Onde essa estrada vai dar? Será que em algum ponto se encontra com a Estrada Um, onde tudo começa? Sei que Belterra está lá, mas onde? Será mesmo que ainda existe?", falou baixinho meu pai, talvez para que eu não lhe ouvisse; talvez temendo seguir em frente e descobrir que a sua Belterra existia já apenas em sua mente. Ou talvez a encontrasse tal qual era, perdida e solitária, habitada por uma gente inconsciente de seu destino, disposta a servir e ao mesmo tempo sabotar a quem se impusesse como senhor de suas vidas.

Assim foram os portugueses que vieram na primeira leva exploratória nos séculos XVII e XVIII; assim foram os agentes do governo brasileiro após a Independência; assim foram os militares e os tecnocratas que dirigiram a Amazônia com mão de ferro durante a ditadura militar de 1964, e que entregaram a Amazônia ao grande capital internacional e nacional; assim foram os três primeiros governos que sucederam a ditadura militar, e assim acontece sob o projeto desenvolvimentista dos governos do PT (Partido dos Trabalhadores). Gente e projetos que vêm de fora e se impõem ao povo amazônico com a força das coisas inexoráveis.

Não rodamos sobre a estrada fina e deserta mais do que 15 minutos, no entanto, parecia já haver transcorrido uma eternidade quando essa estrada cruzou com uma estradinha asfaltada.

— Opa! A coisa vai melhorando! — exclamei, com o coração mais aliviado. Pois o asfalto, esse elemento da civilização urbana de nossos tempos, como que dá firmeza aos nossos passos, mesmo que seja a pantanosa firmeza que as obras de asfaltamento em geral representam para o erário público, com o escândalo do enriquecimento ilícito através dos "superfaturamentos".[2]

Mas, para onde nos levaria a estrada asfaltada? Não havia qualquer indicação no cruzamento das duas estradas. E também não se enxergava viv'alma. Belterra, até aí, parecia uma cidade fantasma.

Novamente hesitamos. Seguiríamos pela estrada de terra ou pegaríamos a estrada asfaltada, mas, neste caso, que rumo tomar, esquerda ou direita?

De repente, como que do nada, surgiu diante de nosso olhar uma humilde casinha de madeira, rústica mas com aspecto agradável, quase na esquina das duas estradas.

[2] Expediente fraudulento através do qual agentes públicos e particulares saqueiam o erário público. (N. E.)

Mas, como já ia parecendo um costume, as obras e instalações humanas ali surgiam e desapareciam sem dar vestígios de seus construtores ou habitantes.

O objetivo de papai era reencontrar os lugares onde viveu e trabalhou durante os anos da sua infância dourada em Belterra, no tempo dos norte-americanos. Como só tínhamos aquele dia para fazer esse regresso ao passado, não podíamos zanzar sem rumo o dia inteiro. Foi então que resolvemos pedir orientação aos moradores daquela humilde casinha, que certamente era habitada, pois, encostada à cerquinha de estacas de madeira, avistamos uma bicicleta pequenina, azul e limpinha. Em vez de bater palmas, buzinei duas vezes e ficamos esperando alguém sair de dentro da casinha.

Pelo esmero com que foi feita e pela ordem e limpeza com que as coisas em torno da humilde casinha se apresentavam, bem como pelo zelo que o estado da bicicletinha revelava de seu proprietário, eu só podia esperar que pessoas doces e agradáveis sairiam de dentro da casinha para nos atender.

TERCEIRO EPISÓDIO

Eu e meu pai descemos do carro e esperamos que alguém saísse da humilde casinha e viesse nos atender. Mais ou menos um minuto se passou, e nada. Bati palmas duas vezes, e ninguém apareceu.

Vi formar-se na testa de papai aquele vinco de expectativa que eu já bem conhecia, pois era o mesmo vinco que se formava toda vez que ele me contava o seu reencontro, dez anos depois, com a mãe que o deixara para trás, órfão de pai, com apenas nove meses de vida.

Essa mãe, minha avó, já era falecida. Morreu em 1976, aos 58 anos de idade, em Santarém (sem atendimento médico, porque ela não tinha dinheiro para procurar um médico ou porque esse profissional era então coisa rara no oeste do Pará), vitimada, provavelmente, pela "doença de Chagas", que é transmitida pela picada do inseto "barbeiro", que ainda prolifera em lugares como a Amazônia, onde as pessoas habitam em barracas de palha e "pau a pique" (barro caiado em tranças de varas).

Eu sabia que, naquele momento, embora a casinha cercada de madeira e coberta com telhas de amianto já fosse mais salubre do que as antigas casas de pau a pique, a situação de espera em que nos encontrávamos, diante da humilde casinha, transportava papai para um dia já remoto do ano de 1944, quando ele, com um saquinho nas costas, viu-se diante de uma casinha situada na Estrada Seis, na Vila Bode, numa Belterra que jamais lhe saiu da lembrança, uma casinha que morava dentro de sua inesquecível infância, pequenina mas simpática, uma casinha de gente pobre, sim, mas agradável e acolhedora, mais ou menos como essa que agora víamos diante de nós.

Depois de perambular de um lugar para outro, em busca da mãe cujo rosto já não se lembrava, papai acabou em Santarém, na casa de um tio-avô chamado "Velho Dico". O reencontro com a mãe estava prestes a acontecer.

O "velho" sabia que a mãe do papai, sua sobrinha, morava em Belterra; certa vez a visitara. Mas como enviar "o menino" se, além da estrada — que na verdade não passava de um caminho —, havia apenas a via marítima? Aos sábados e segundas-feiras, o barco "Deoclécio" saía de Santarém e ia para Belterra, pequena vila central, a cujo porto, de nome Porto Novo, por ser muito longe, ia-se de carro.

Certo dia, o velho perguntou se papai queria mesmo ir para a casa da mãe dele, e ele disse que queria.

— Mas é longe! — avisou o velho.

— Mesmo assim, vou — falou papai.

Então o velho procurou o comandante do "Deoclécio", pagou a passagem e disse-lhe:

— Leva esse menino até o Porto Novo, e de lá encaminha ele pra serra.

Belterra ficava numa serra e lá papai devia procurar a mãe. Durante a viagem, que durou um dia inteiro, ele chorava, sem saber o que encontraria pela frente. Novamente ia levantar a vida e andar daqui pra acolá, sem mãe, sem ninguém, sem dinheiro pra pagar o transporte da beira até lá em cima, quanto mais para voltar para Santarém — assim ele pensava.

Naquele tempo Belterra tinha um movimento danado. O barco chegava trazendo mercadoria, e o povo corria para o porto. Era carro de lá pra cá e de cá pra lá, mas só carro de norte-americano. O magnata norte-americano Henry Ford, pioneiro da indústria automobilística, resolveu investir no Brasil em plena Segunda Guerra Mundial (1939-1945); com o que havia de mais moderno, organizou plantações da *hevea brasiliensis*, mais conhecida como a árvore seringueira, de cujo leite passou a produzir a borracha necessária à fabricação dos pneumáticos usados nos carros de guerra; dessa atividade surgiram Belterra e Fordlândia, no Rio Tapajós. Carro particular, de brasileiro, só o caminhão antigo do Manuel Rufino, filho do comerciante Raimundo Silva.

Papai ficou lá na beira, de novo sozinho, com seu saquinho nas costas. O motor que o trouxe voltou para Santarém. De pés, lá no porto, sem dinheiro nem nada, via o pessoal se preparando para subir a serra. Não demorou e apareceu o caminhão do Manuel Rufino, um cara bacana, alegre e falador, que vivia na brincadeira com todo mundo. Por ser dono do caminhão, Manuel era ali um cara importante. O pessoal chegava de Santarém e subia para Belterra empoleirado no caminhão, e o pessoal lá do alto descia para fazer compras, principalmente de peixe, lá no Porto Novo.

Naquele dia papai se meteu no meio do pessoal e também se empoleirou na carroceria do caminhão. E toca a subir a serra, rumo a Belterra, pela serra inclinada, de estrada arenosa, o caminhão peidando pra subir e o sol cozinhando os miolos. Depois de uma hora, chegou ao Posto Fiscal da Estrada Um, bem no centro de Belterra, onde ficava o comércio.

Belterra era um povoado grande; desembarcou muita gente. O Manuel Rufino saía distribuindo passageiros por todas aquelas estradas; onde o sujeito morava, lá deixava, e cobrava a passagem.

Ali, no canto da carroceria, quietinho, papai pensava consigo: "Não sei onde estou; vou rodar nesse carro até me deixarem por aí; vou rodar, rodar, rodar... e não vou ter onde ficar, alguém vai ter que me acolher".

E foi o que aconteceu.

Manuel Rufino começou a rodar, rodar... e deixava passageiro aqui, lá, ali. Quando chegaram à Estrada Oito, lá muito em cima, só restavam três passageiros no carro, mas logo esses três também desceram, ficando apenas ele no caminhão. Então o Manuel Rufino, já esquecido das recomendações do tio Dico, parou o veículo e perguntou:

— E tu, moleque, pra onde vais? Onde vais ficar?

Papai respondeu que não sabia.

— Como que não sabes? Porra! — bradou o Rufino.

— Não sei — repetiu o menino.

— Como não sabes, rapaz? De onde tu és? De onde vens? — insistiu Rufino.

— Vim de Santarém — falou.

— Onde tu vais ficar? — tornou Manuel Rufino.

— Não sei — repetiu.

— Quem é teu pai?

Ele disse que não tinha pai. Mãe, em Belterra, sabia que tinha; vivia com um homem que era seu padrasto, mas não sabia onde moravam.

— Como é o nome do teu padrasto? — perguntou Manuel Rufino.

— Carmelo — respondeu.

— Porra, peste! Então és enteado do Carmelo?!

Manuel Rufino conhecia o homem que vivia com a mãe do papai, o tal Carmelo, que até então papai não conhecia. Depois soube ele que o Carmelo era freguês do comércio do Manuel Rufino; comprava fiado e, no fim do mês, quando os norte-americanos lhe pagavam o salário, as dívidas já eram descontadas lá mesmo no escritório da Companhia.

— Então fica aí; sei onde eles moram, vamos passar lá; quando chegar lá em cima, deixo-te!

Pensando que ia enfim se encontrar com a mãe, o menino ficou alegre. E o caminhão foi rodando, rodando... De repente, parou.

— Olha aí! Chegamos à casa da tua mãe! — gritou Rufino. — Tua mãe mora naquela casa! Podes ir. Depois acerto a passagem com o Carmelo! — ordenou.

Naquela estrada as casas eram todas de palha. Papai pegou a sua trouxinha e desceu do carro. Foi andando no rumo da casa que o Rufino disse ser a de sua mãe. Na frente da casa parou, sem coragem para bater na porta. Ali, de pés, ficou pensando: “Será mesmo que é a casa da minha mãe?”. Parecia uma casinha de peão, simples, como as que haviam ali, com piso de chão batido e paredes de palha; não era como outras, que viu quando passavam noutra estrada, de telha e madeira, melhor equipadas, que depois soube serem as casas dos funcionários mais graduados da Companhia, mas era uma casinha asseada e boa. Ficou ali, na frente da porta, escutando e com medo de bater. Ansioso, perguntava-se como seria a sua mãe. Branca? Morena? Que rosto teria? Depois de não sei quanto tempo, escutou um barulho lá dentro. Então criou coragem e bateu: "Pá! Pá! Pá!". A primeira vez, e nada. Bateu a segunda vez e ouviu uma voz de mulher perguntar:

— Quem é?

— Sou eu! — respondeu.

Depois de algum tempo, a dona da voz apareceu na porta e ficou olhando para o menino. Era difícil crer que aquela fosse a sua mãe. Ficou admirando a mulher que ele via à sua frente, pois era alta e tinha a testa larga e o nariz afilado, bonita mesmo.

— Quem és tu, menino? O que queres? — perguntou a mulher.

Um nó na garganta impedia-o de falar. A mulher tornou a perguntar de onde ele era.

— De Santarém — conseguiu, enfim, dizer.

— De Santarém? — repetiu a mulher, desconfiada.

Em vez de responder, papai perguntou:

— A senhora é a Dona Guida?

— Sim, sou eu — confirmou a mulher.

Então papai disse:

— Pois eu sou seu filho!

— Meu filho?! Quem tu... és? Como é teu nome?

— Meu nome é Bernardino — respondeu.

Quando papai disse que ele era o Bernardino, a mulher deu um passo à frente e repetiu:

— Bernardino?! Então és o *Bibi*?

Quando a mulher disse "Bibi", o menino acreditou que era mesmo a sua mãe, pois, desde que se entendia por gente, em todas as casas onde morou o chamavam de *Bibi*.

— Eu não acredito! Quem te mandou aqui? — tornou a mulher.

— O velho Dico — respondeu.

Então a mulher se abraçou com o menino e este com a mulher, e ambos choraram.

Agora, 70 anos depois, diante da casinha de madeira e amianto, numa estrada que depois soubemos ser a Estrada Sete, que liga Belterra a Aramanaí, vejo a mesma expectativa no semblante do meu pai, cujos olhos começam a ficar marejados. Mesmo sabendo que a mãe já não está neste mundo, papai gostaria que ela aparecesse de novo na porta daquela casinha e lhe desse aquele abraço terno e apertado, respingado com lágrimas, do qual jamais se esqueceu.

Torno a bater palmas, mas ninguém vem nos receber. Estamos quase desistindo, quando uma mulher alta e magrinha, que certamente durante todo o tempo estivera nos espreitando d'algum lugar, saiu da casinha e veio timidamente, como que arrastando as pernas de tão lentamente que se movia, em nossa direção.

— O que os senhores desejam? — perguntou a frágil mulher.

QUARTO EPISÓDIO

Papai não respondeu de pronto à pergunta que a mulher lhe fizera. Deixou que ela se aproximasse um pouco mais da cerca de estacas, de mais ou menos um metro de altura e amarrada na horizontal por duas linhas de arame farpado, arranjo tão comum nas periferias das pequenas cidades e vilas da Amazônia.

Só quando a mulher, em seu aparente desalento, como que se amparou à cerca de estacas, é que papai lhe falou:

— Desculpe-nos a insistência, senhora, mas nos perdemos no caminho e não sabemos onde estamos. Que estrada é esta?

— É a Estrada Sete — disse a mulher. — Aonde o senhor quer ir?

Antes que papai respondesse, confirmou-se o que eu imaginara. Como que num passe de mágica, apareceram, quase de uma só vez, como que saídos de trás de um biombo mágico, um após o outro, primeiro um cachorrinho de pelo laranja-descorado, que de cara vi tratar-se do mais legítimo "vira-lata", como era o meu "Dog", que atravessou comigo, em mil tropelias e "caçadas", primeiramente as selvas das nascentes do rio Arapiuns ("rio dos piuns vermelhos", em tupi), o grande afluente da margem direita do Tapajós, o rio mais lindo do mundo, onde vivi as minhas mais caras experiências de menino, e, depois, as "capoeiras" (mato ralo) da periferia de Santarém, pras bandas do Mapiri ou atrás do velho aeroporto, onde hoje se erige a Prefeitura, onde colocávamos as nossas "arapucas" (armadilhas) feitas de varinhas amarradas com "embiras" (fibras vegetais). Sim, o cachorrinho foi o primeiro a aparecer — depois da mulher, claro. Não me passou despercebida a maneira recatada e silenciosa (alguém diria "sonsa") como o pequeno cão se aproximou de nós, pondo-se, sem um latido sequer, atrás da mulher, atitude tão incomum para um ser dessa estirpe em geral barulhenta e espalhafatosa. Pensei: "Como esta mulher conseguiu segurar o cão dentro de casa — e em silêncio! — enquanto buzinávamos e batíamos palmas em frente à casa?"

Depois do cãozinho, seria natural que aparecesse um menino, e apareceu. Da mesma forma que o cão, chegou encolhidinho, sem ousar olhar para nós. Imediatamente a seguir, surgiu a mocinha, mais alta e mais fina que a mulher, dir-se-ia um caniço, que, como o cão e o menino, se postou atrás da mulher e daí nos olhava também timidamente. Vendo a expectativa em seus olhos, papai, enfim, disse:

— Quando menino de uns dez doze anos, morei em Belterra, na Vila Bode. A senhora pode informar como se faz para chegar à Vila Bode?

— Está perto; é seguir pela Estrada Sete e dobrar à direita na primeira estrada, que é a Seis. Daí em diante já é a Vila Bode — disse a mulher.

Papai agradeceu e já nos dispúnhamos a voltar para o carro e rumar para a Vila Bode, mas a mulher, para nossa surpresa, falou-nos, com uma voz diferente:

— Não querem entrar um pouquinho?

Esse "entrar um pouquinho" desconcertou-nos. Lembro que eu e papai trocamos um olhar interrogativo e certamente tivemos o mesmo pensamento, mas nada dissemos. "Como entrar numa casa onde só há uma mulher, uma mocinha, um menino e um cachorrinho perdigueiro?"

— Entrem, bebam um pouco d'água! — insistiu a mulher, já dando meia-volta, como que nos induzindo a segui-la. E assim fizemos. A despretensiosa singeleza daquela gente desencorajou-nos a nos furtar ao convite, e em nenhum momento passou pelas nossas mentes que o convite tivesse outro objetivo que não a mais pura gentileza.

Seguimos a pequena trupe, tendo apenas no nosso calcanhar o pequeno cão, que, farejando as nossas canelas, fazia como que as vezes de guardião da retaguarda. A situação ia ficando, a cada passo, mais constrangedora. E se houvesse um homem lá dentro da casa? Como nos depararíamos com ele, entrando em sua casa sem sermos convidados por ele? Porém, não querendo desapontar a nossa anfitriã, seguíamos os seus passos, mas, quando a mulher já entrava na casa através de uma puxada de palha que, aos fundos, fazia o papel de cozinha, estacamos. O pudor e o respeito ao lar alheio tolheu-nos de prosseguir. Vendo a nossa hesitação, a mulher insistiu:

— Entrem! Bebam um copo d'água; o tempo está muito quente.

Nesse exato instante, o cãozinho largou de cheirar-nos e correu ganindo e abanando o rabo no rumo do portão do quintal. Quando olhamos para ver o que era, vimos um homem branco e, assim como a mulher, muito magro, se aproximando de nós. Trazia um chapéu de palha na cabeça e gotas de suor escorriam pelo seu rosto avermelhado.

Entendi, rapidamente, que aquele homem só podia ser o marido da mulher. Temi que ficasse zangado com a nossa presença, ali, nos fundos de sua casa, apenas com a mulher, a moça e o menino, já que o cão, sendo mero cão, não podia ser levado em conta.

Vendo que o marido chegara, a mulher voltou-se para o terreiro, mas, antes que ela nos informasse de que o homem era o seu marido, adiantei-me e falei:

— Ainda bem que o senhor chegou. Paramos aqui apenas para perguntar como se chega à Vila Bode, e a sua esposa nos ofereceu água; mas já vamos...

— Oh, não! Entrem! — era o homem quem agora nos incitava a permanecer mais um pouquinho. — Mulher, faz um cafezinho pra nós! — completou o homem, entrando na "cozinha", de modo que tivemos que obedecê-lo.

Daí por diante, as coisas se precipitaram de tal maneira que, nos trinta minutos que ali ficamos, como que transcorreram trinta anos!

Enquanto a mulher, no fogão à lenha, esquentava a água para o café, o homem não parou um só instante de falar, eu e papai também. A fim de tranquilizá-lo, papai contou, rapidamente, a sua história, e o homem, com uma sinceridade comovedora, falou-nos da vida precária que há anos levava ali com a família, naquele canto solitário e obscuro de uma cidade das mais solitárias e obscuras de um país não menos solitário e obscuro chamado Brasil.

A casinha, como já disse, era bem humilde, de madeira e palha, e tinha um "tapiri" (pequena "tapera", casa de palha com aspecto de ruínas) aos fundos, a modo de cozinha.

— Não reparem nessa coberta de palha — disse o homem.

— A palha é mais apropriada para o calor da Amazônia — disse-lhe eu, procurando minimizar o seu constrangimento.

— Sim, a palha é nossa, da Amazônia, mas eu preferia morar numa casa de alvenaria, como o pessoal de Santarém, que vivia em choupanas que no inverno chovia mais dentro do que fora e agora mora em casinhas de tijolo, com banheiro dentro e torneira. Estão vendo aquilo ali? — perguntou o homem, apontando para uma armação de madeira, sem cobertura, que havia a uns dez metros da casa. — Pois é o nosso banheiro. Estão vendo aquela outra armação ali? É a privada. E ali é o poço de onde tiramos a água. Faz anos que Belterra virou cidade, mas esgoto e água encanada ainda não chegaram pra estas bandas. Os senhores me perdoem, mas não estou reclamando e até sou feliz aqui. Ninguém se importa com a gente, mas também ninguém tem coragem de nos arrancar daqui, se bem que quisessem.

— Este terreno é seu? — perguntei-lhe.

— Não só esse, mas toda essa terra — disse o homem, alargando os braços e espichando os beiços para várias direções.

— Mas, na estrada pela qual viemos, há uma placa informando que ali é terra da Madeireira — disse papai.

— Agora dizem que é deles, mas era do pai do meu pai, que recebeu a terra do pai do pai dele, e assim por diante, até eu não saber dizer quem nasceu antes. A gente vivia aqui antes de fazerem essas estradas, antes dos americanos, antes dos madeireiros que chegaram depois dos americanos. Dizem que um dia o primeiro desses sacanas chegou com um papel nas mãos e disse para o meu pai: "Essa terra é minha; o senhor tem um mês pra sair dela ou aceitar ser meu empregado, sem direito à indenização".

— E o que fez seu pai? — perguntei.

— Resistiu no começo, mas acabou cedendo à pressão. Fazer o quê? Virou empregado do que eles chamam "firma", e a firma, como forma de gratidão, deixou que ficássemos nessa nesga de terra onde hoje me escondo com a mulher e os meninos.

— E o Neco também! — exclamou o menino, puxando o cãozinho para si.

— O Neco não, pois o cachorro nessa época ainda não existia — retrucou o homem, puxando o menino para junto de si, gesto que não me passou despercebido. Como que lendo os meus pensamentos, o homem completou: — Somos pobres, sim. Até mais do que isso, é verdade. Mas somos unidos e felizes, aqui. Pode até faltar comida, às vezes, mas sempre há um cafezinho pra quem se aventura por estas bandas e vem bater em nossa porta.

Confirmando as palavras do homem, a mulher espalhou canequinhas de lata sobre a prancha apoiada sobre estacas que servia de mesa, e anunciou:

— Eis o café. Mais água do que pó, é verdade, mas fazemos gosto que os senhores bebam.

No aconchego daquele humilde lar, não nos fizemos de rogados. Sorvemos, até mesmo com volúpia, o líquido ralo e clareado pela carência de pó, como se tomássemos um precioso café para exportação.

— Coitado! Está tão fraco que nem força tem para sair da cafeteira — brincou o homem.

— Mas nos aquece o coração, eu lhe garanto — disse papai.

Durante todo o tempo em que conversávamos, notei que a mocinha não parava de manipular a tela de um telefone celular. O celular era muito pequeno, mas, mesmo assim, quase encostando o aparelho ao nariz, a mocinha parecia se divertir com as coisas que via na telinha do celular, fazendo-me, por um instante, alhear-me do que os adultos conversavam e ir tecendo algumas reflexões sobre o comportamento da mocinha e seu celular. Notei que, embora água tratada e encanada não houvesse chegado naquela casa, já havia luz elétrica. Não havia rede de esgoto e os habitantes da casa faziam suas necessidades num buraco cercado de madeira situado a dez metros da casa. Entretanto, aquela desapetrechada casa, como qualquer casa das grandes cidades, possuía aparelho de televisão e celular. Perguntei-me com que dinheiro aquele homem pagava a energia elétrica e a conta do celular da filha.

Curioso para ter a resposta a essa pergunta, mas receoso de perguntar diretamente, resolvi dar algumas voltas.

— Vemos que o senhor chegou suado e cansado... — disse eu.

— Estava caçando — disse o homem.

— O senhor ainda encontra animais selvagens aqui por perto?

— Aqui perto, não. Tenho de ir cada vez mais longe, me aventurando nas terras da madeireira e outras firmas, mas sempre encontro alguma coisa.

— E com a caça o senhor alimenta a família... — comentei, a fim de fazer o homem soltar a língua, mesmo sabendo que não era isso.

— Não... Sim... Comemos a caça, mas se dependêssemos dela já havíamos morrido, pois anda cada vez mais escassa. O que nos mantém vivos é a merreca que a Prefeitura me paga no fim do mês.

— Ham... O senhor é funcionário da Prefeitura. O que o senhor faz?

— Nada — disse o homem, soltando um risinho menos de troça do que de vergonha. — Vou lá todo dia, me apresento ao chefe, quando este não falta, e em seguida posso vir embora. Preferia ter o que fazer, pois não sou preguiçoso. Não faço nada, mas me fazem ir lá, todo dia — repetiu. E completou: — O trabalho dignifica o homem. O meu sonho é um dia ter uma casa melhor; pequena, pode até ser, mas de alvenaria, com água encanada e banheiro. E, apontando para um "jirau" (mesa de varas) onde a mulher colocava pratos e panelas, à sombra duma árvore, aos fundos do terreiro, falou: — Vejam se isto é uma cozinha, mas foi o melhor que pude fazer — concluiu o homem, cujo nome eu bem sei, pois, ao final desse encontro já éramos amigos, mas não posso aqui dizer, para não comprometê-lo — o leitor bem sabe como as autoridades municipais costumam ser vingativas com os "funcionários" que manifestam o seu descontentamento.

Ainda era cedo, umas 9 horas da manhã. Tínhamos o dia todo pela frente. Mas não podíamos perder tempo. Estávamos apenas no começo. Eu precisava levar papai à Vila Bode e à Estrada Um, que papai fizera-me tão famosas. "Não fosse isso", pensei comigo, "fazia gosto de ir comprar uns peixes e trazê-los para comer com essa gente, sobre esse jirau".

Mas fiquei calado, com um travo triste e amargo no meu sentimento, por saber que dali a instantes sairíamos daquele lugar, que entrou em nossas vidas como uma aparição do nada e ficaria para trás para sempre. Ou não? Será que um dia ainda voltaremos a buzinar e bater palmas na frente daquela humilde casinha, onde uma gente pobre mas acolhedora ficou à nossa espera para sempre?

QUINTO EPISÓDIO

— Agora precisamos ir — disse papai ao homem que tão bem nos recebera.

— Mas já? Ainda é cedo, fiquem mais um pouco — retrucou o homem.

— Obrigado, mas só temos hoje para visitar Belterra — disse papai, e prometeu que em breve voltaríamos para "comermos uma boa peixada".

Quando papai falou "peixada", o homem disse "esperem um pouquinho que já volto", e, abruptamente, deu-nos as costas e sumiu dentro da casinha, deixando-nos sem saber por que ele agiu assim. Pensamentos contraditórios passaram pela minha cabeça. De repente, lembrei que o homem dissera que chegara de uma caçada, mas, curiosamente, quando surgiu diante de nós, não trazia espingarda ou outro apetrecho que indicasse que estivera realmente caçando.

Ser caboclo não é só uma questão de pele, mas de jeito de ser e pensar; e quem nasce caboclo sempre o será. Mas confesso que, talvez já contaminado pelo medo que nos últimos tempos se instalou nos cidadãos das médias e grandes cidades, cheguei a temer que a hospitalidade daquela gente escondesse traiçoeiras intenções. Já cogitava sairmos daquele lugar o mais rapidamente possível, mas não tivemos tempo, pois o homem logo reapareceu trazendo nas mãos uma paca, das mais gordas que já vi, o sangue ainda escorrendo através dos furos produzidos pelos chumbos que lhe puseram termo à vida.

— Vejam, matei hoje essa paca e quero que almocem conosco! Mulher, vá já despelar a bicha, que hoje temos visitas! — ordenou o homem, com verdadeira satisfação na voz.

"E agora, como escaparemos dessa?", pensei lá com os meus botões.

O sol já subira a três palmos acima da copa das árvores do terreiro e o dia prometia ser dos mais quentes; gotas de suor porejavam no rosto de papai, e o homem, que já chegara suado e grudado de pó e fragmentos de mato, parecia melado como uma abelha que tivesse mergulhado num tacho de mel. Antecipei a agonia que seria andar a esmo pelas estradas poeirentas de Belterra, parando de vez em quando aqui e ali para conversar com as pessoas, sem poder se deter mais do que alguns minutos em cada lugar. Mas dava gosto ver como papai, com seus 78 anos sobre a corcunda, se comportava — esperto, faceiro —, parecendo um menino convidado para uma caçada. Afinal, depois de 65 anos, ele voltava, por um dia (apenas um dia!), ao lugar onde ficaram as suas mais caras lembranças.

Vi os olhos de papai se deterem sobre a paca, que continuava nas mãos do homem; enxerguei nitidamente o seu desejo de ficar ali, com aquela gente tão boa e hospitaleira, mas também vi a outra força, mais potente e irresistível, que o empurrava para frente, ou melhor, para trás, para o passado, para aquele tempo que nunca mais voltará, e que, no entanto, parecia ainda tão presente.

— Agradeço-lhe, do fundo do meu coração, a sua hospitalidade, mas não podemos ficar; só temos o dia de hoje para visitar Belterra, e preciso ir à Vila Bode e à Estrada Um, pelo menos — disse papai.

— Que pena — disse o homem, com voz verazmente contristada. Enquanto saíamos no rumo do portão, o homem nos seguiu com a paca nas mãos, talvez por distração ou por ter esperança de que a paca ainda pudesse mudar os nossos propósitos. — Mas o senhor me promete que um dia voltará para comer com a gente outra paca ou mesmo uma boa peixada? — completou o homem.

Papai, que não gosta de mentir nem mesmo por brincadeira, apenas disse "se Deus quiser". Já do lado de fora do terreiro, ao lado do carro estacionado em frente à casa, despedimo-nos. Só então o homem pareceu darse conta de que, durante todo o tempo, estivera com a paca nas mãos. Atrapalhado, enganchou a caça na ponta de uma das estacas da cerca e, dizendo "já volto", correu até o jirau nos fundos da casa, onde lavou rapidamente as mãos e voltou correndo para nós. Enxerguei autêntica comoção em seus olhos quando estendeu a mão para apertar a mão que papai lhe oferecia.

— Prometem que vão voltar?

Eu, que não sou tão correto quanto papai, afirmei, sem crer nas palavras, que voltaríamos. A mulher também demonstrou pesar pela nossa tão rápida partida. Sem conhecer a minha esposa — e talvez intuindo que jamais a conheceria — pediu-me que, quando eu chegasse à minha casa, desse, em seu nome, um abraço em minha mulher.

Pois é também apenas um abraço, um aperto de mão, um gesto de carinho ou de amizade, que essa gente boa, simples e hospitaleira do interior do Brasil espera receber nessa vida; uma "espera" que quase sempre dura uma vida.

Enquanto eu vivia aquele momento, vinham-me esses pensamentos. Eu sabia muito bem o que era estar fincado num lugar perdido do mundo, sem horizontes ou perspectivas, na beira de um rio pequenino e sem importância (ou à beira de uma estrada como aquela de Belterra), por onde pouca gente (ou ninguém) passa, e, de repente, como que saído de um sonho ou do nada, ver surgir um barco (ou um carro, como acontecia agora), que ancora ou estaciona fugazmente em seu "porto" (o porto da vida), e, num abrir e fechar de olhos, quando já se começa a enxergar um fio de esperança, o barco (ou o carro) vai-se embora, rio (ou estrada) afora, deixando para trás a saudade daquelas pessoas que, instantes depois da partida, já não temos certeza se de fato existiram. E, nessas ocasiões, o que parecia um sonho luminoso de melhores dias, transforma-se, nessas vidas simples e pequeninas largadas a esmo, num atroz pesadelo ou numa tragédia grotesca, que se repete a cada dia e pelo resto da vida, aonde quer que se ande, no oco profundo da mata ou entre a multidão das cidades, onde pessoas se comprimem, tão próximas umas das outras e tão solitárias, nas grades do seu desespero.

Quando já entrávamos no carro, um último episódio me comoveu.

A mocinha, a única filha daquele casal, certamente a sua "florzinha" preciosa e querida (como o é a minha pequena e doce Juliana, de 17 anos), que o tempo todo permanecera calada e retraída, mas prestara atenção em tudo o que falávamos, tomou, de repente, a dianteira dos pais e, enfiando o rosto na janela do carro, estendeu-me um pedacinho de papel onde vi algo escrito, e disse-me:

— Quando o senhor chegar à sua casa, passe o meu nome e o número do meu celular para a sua filha, pois gostaria muito de me comunicar com ela.

Peguei o papelzinho das mãos da menina e prometi entregá-lo à minha filha, como de fato, dias depois, entreguei, mas essa já é outra história.

O sol do equador, que desperta e aquece todos os corações da Amazônia, já ia alto quando, enfim, deixamos para trás aquela humilde família, que se abriga numa tosca e precária casinha, mas nem por isso vive infeliz.

SEXTO EPISÓDIO

Já dentro do carro, lançamos um último olhar para aquela pobre família, que, com uma névoa de tristeza nos olhos, acenava para nós. Saí devagar pela Estrada Sete, que liga Belterra à comunidade mais próxima, Aramanaí, situada já às margens do rio Tapajós.

Cogitei irmos até Aramanaí à tardinha, depois de encerrada a nossa visita a Belterra, mas, a julgar pelo tempo que havíamos gasto numa única parada, sabia que Aramanaí ficaria para "outra oportunidade".

Mas, haveria outra oportunidade? O leitor, certamente, sabe o que são essas promessas de retorno a um lugar, nos tristes momentos de despedida, as quais, pelas imponderáveis circunstâncias da vida, jamais se cumprem.

Enquanto conduzia o carro, lentamente, pela Estrada Sete, eu pensava essas coisas e ao mesmo tempo não conseguia esquecer a última imagem que me ficou da família: a mocinha que, num gesto simbólico, absurdo mas extremamente humano, rompia a sua timidez e, num apelo que me soou desesperado, como quem lança uma garrafa ao mar com um recado, convidava outra mocinha do outro lado do "oceano", a se comunicar.

Sei que o leitor deve estar impaciente com o lento desenrolar dessa história. Sei que, se me demorar um tanto mais, corro o risco de perdê-lo. Afinal, alguém, no final dessa crônica, como informa o seu título, vai "chorar por Belterra". Quem vai chorar? E por quê? O leitor saberá. Mas, às vezes, na vida, há que dar voltas, andar em círculo, não ter pressa de chegar ao ponto pretendido. Como disse o poeta cego Tirésias a Ulisses, quando este desceu ao Inferno para discernir os oráculos: "Você está muito ansioso para chegar à sua Ítaca. Não tenha pressa, lá chegará, com menos força e mais sabedoria. Você tem inteligência, mas precisa de sabedoria. E a sabedoria é que pouco importa onde se quer chegar, importa a Viagem". Pois, caro leitor, há um mundo que se movimenta na memória, tão ou mais vivo e impressionante do que a "realidade" que se descortina nas estradas físicas.

Calado, ao lado de papai, eu dirigia, rumo à Estrada Seis, que conduz à mítica Vila Bode.

Não sei o que papai ia pensando, mas, de uma coisa eu tinha certeza: a expectativa de rever a Vila Bode, onde ele viveu anos inesquecíveis, tomava conta de todo o seu ser.

Quanto a mim, não conseguia esquecer aquela mocinha. Imaginei-a voltando para dentro da humilde casinha e, sentada num tamborete, na borda da mesa de tábuas, pensar que, além da Estrada Sete, além da casinha onde ela cresceu, "à beira de uma estrada que não tem mais fim", como diz Erasmo Carlos em sua famosa canção, há uma multidão de pessoas e coisas esperando por ela. Vejo-a, com seus dedinhos com as marcas da terra, manipulando a telinha do seu celular, como quem manipula o universo desconhecido dos sonhos. Imagino o seu desespero ao vislumbrar — na confusão das imagens e sentimentos gerados por uma tecnologia que caiu sobre eles como um asteroide — que esse mundo que se mostra na tela do celular, com suas mil conexões e tecidos nervosos, é um mundo inabitável, mais distante e inacessível do que o mundo em que viveram os pais dos pais dos seus pais, sobre o qual crescera ouvindo, sabendo tanta coisa sobre ele, tantas histórias... histórias que não lhe servem de nada, pois esse mundo mítico dos seus antepassados ficara-lhe na memória como um pesadelo do qual não consegue acordar.

As lendas, histórias e mitos da minha terra são tão inúteis àquela menina, que nunca saiu da Amazônia, como o são para a minha filhinha Juliana, que nasceu em São Paulo, e, embora tenha vindo comigo algumas vezes a Santarém, ainda não compreende a sina da pessoa que parte para uma terra estranha, onde cria raízes e por lá vai ficando, mas não consegue esquecer o mítico mundo de sua infância, um mundo que, desgraçadamente, não existe mais.

Lembro que, ao chegar a esse ponto, um pensamento terrível ocorreu-me. Pensei que melhor é viver para sempre dentro de um sonho, por mais opaco e inviável que pareça, do que sair dele e ver-se jogado num pesadelo, do qual só se pode acordar regressando à pátria dos sonhos. E como é difícil retornar a essa "pátria". É o que, há anos, tento realizar. Retornar à terra dos sonhos, à minha Amazônia querida, que, como a Ítaca de Ulisses, se encontra tomada por "pretendentes" gananciosos e cruéis, os quais, sem escrúpulos, saqueiam e depredam os bens da terra, auxiliados por "mucamas" e "mordomos" (degenerados filhos da terra) que, a troco de migalhas e posições, passaram-se para o lado dos inimigos.

A voz suave de papai, felizmente, acordou-me dessas amargas reflexões.

— Chegamos à Estrada Seis, dobre à direita — disse papai, com grande expectativa em seus olhos, pois a Estrada Seis é a que conduz à Vila Bode.

SÉTIMO EPISÓDIO

Deixamos a Estrada Sete, que leva a Aramanaí, e enveredamos pela Estrada Seis, estreitinha e de chão, que nos levaria à Vila Bode. Como tudo o que até aí víramos em Belterra, a Estrada Seis parecia solitária e desértica.

Eu estava impressionado. Desde que entramos na área de Belterra, percorríamos suas estradas e não avistávamos pessoa alguma circulando por elas. Ninguém. Até mesmo os cachorros andarilhos desapareceram, como se houvessem firmado um pacto de silêncio com seus donos. Apenas, de vez em quando, um pássaro selvagem sobrevoava de um lado para o outro da estrada. Enxerguei tucanos nos galhos de uma castanheira — das poucas que sobreviveram à sanha "civilizatória" dos madeireiros; e bandos de curicas e papagaios quebravam, pelo menos um pouco, com o seu característico alarido, a aparente imobilidade do lugar e do tempo. De gente humana, apenas vestígios: um ou outro barraco afastado da estrada, debaixo das árvores, portas e janelas invariavelmente fechadas; e uma ou outra clareira recém-aberta entre o mato baixo.

Seguíamos calados, o carro deslizando devagar. Sabíamos que havia gente dentro das casas, e olhos nos espreitavam detrás das paredes e das árvores. O estranhamento e o silêncio, no interior da Amazônia, ainda são as primeiras formas de contato humano, mesmo numa "cidade" como Belterra!

A lembrança desse ambiente estagnado e do tempo

aparentemente parado na Estrada Seis me faz buscar, neste exato instante, na prateleira da minha estante, o estranho livro de Campos de Carvalho[3]— *A chuva imóvel* — cuja narrativa começa assim:

> "Foi então que me vi numa gare extremamente vazia. Tão vazia que nem a minha sombra se refletia. Alguém, uma voz, me sussurrou ao ouvido: CAFARNAUM."

Era assim que eu também me sentia naquela hora, na desértica Estrada Seis, "tão vazia que nem a minha sombra se refletia".

Eu não ouvi essa voz sussurrando CAFARNAUM ao meu ouvido, mas tive a certeza de que meu pai — que aos 78 anos de "estrada" se tornara mestre em conversar com o silêncio — ouvira. Era o "filho" voltando à terra. A sua Cafarnaum era Belterra! Tal como a cidade bíblica, Belterra parecia se fechar diante de sua presença. Cadê o povo de Belterra? Onde está a Vila Bode? Será que ainda existe? Ou só ficou o nome? Um nome sem passado e sem história. Que pessoas, 65 anos depois, vivem na Vila Bode? Será que meu pai encontrará alguém do seu tempo? Até aqui Belterra parece uma cidade fantasma ou encantada.

Íamos assim distraídos em nossos pensamentos quando, enfim, de repente, enxergo uma alma vivente na Estrada Seis. A "alma" encontra-se de pés, à frente de uma pequena casinha de madeira, do lado esquerdo da estra-

---

[3] Campos de Carvalho (1916-1998), além de *A chuva imóvel* (1963), escreveu os romances *Tribo* (1954), *A lua vem da Ásia* (1956), *Vaca de nariz sutil* (1961) e *O púcaro búlgaro* (1964). Fez sua estreia com *Barra Fonda* (ensaios humorísticos, 1941). Como jornalista, trabalhou em "O Estado de S. Paulo" e no satírico "O Pasquim". (N. E.)

da. Paro o carro e dou marcha à ré. A alma tem um rosto marcado pelo tempo, é pequenina e nos sorri; em seus lábios, ressequidos por anos e anos sob o sol inclemente do equador, leio palavras de acolhimento, mas sei que meu pai escuta CAFARNAUM. Meu pai não leu e nem mesmo sabe que houve um escritor com o nome Campos de Carvalho, mas ele próprio poderia ter sido a inspiração do artista, e papai sabe, talvez melhor do que o escritor, o que seja a SOLIDÃO.

Desci do carro para falar com a mulher que estava diante de nós, mas, notando que deixara a porta aberta, voltei para fechá-la e imediatamente percebi a inutilidade do gesto, pois tinha certeza de que nenhum carro, nem mesmo de bois, passaria na Estrada Seis naquele dia — e nos outros dias também.

— Pode deixar a porta do carro aberta, pois só o Curupira passa por aqui, mas de noite, de dia ele não vem — disse a mulher.

Pensei que a mulher dizia aquilo de brincadeira, mas no curso da conversa vi que não era assim.

— Quem são vocês e de onde vieram? — perguntou, meio desconfiada, Dona Anízia (esse era o nome da mulher).

Papai disse o seu nome e o meu e também de onde viéramos e o que fazíamos por ali.

— Ahnnn — fez a mulher, e acrescentou, já mais tranquila: — Desculpem eu ter perguntado de onde vocês vieram; é que conhecemos todos que moram por aqui e não lembrava de já ter visto vocês. Quando escuto algum barulho na estrada ou algum assobio, fico logo alerta. Quase sempre não é ninguém. Vivemos aqui tão isolados que já ninguém se lembra da gente. Só o Curupira passa de noite assobiando por essa estrada.

— Como sabe que é o Curupira e não uma pessoa humana? — perguntei.

— Por que só o assobio longo e fininho do Curupira é capaz de arrepiar um vivente. Quando ele vem, a gente escuta de longe: Fiiiiiiiiiii, fiiiiiiiiiiiiiiii, vem assobiando e quando chega à frente da casa solta um assobio mais longo: Fiiiiiiiiiiiiiiiiiiiiiiiii, tão longo e tão fino que até gela a alma da gente.

— Mas ele não faz mal a ninguém, não é mesmo? — tornei a perguntar.

— Não. O Curupira é bonzinho, não faz mal a ninguém. Às vezes até entra no terreiro e vai à cozinha beber água ou comer algum resto da panela; a gente nunca vê, só escuta o babujo no pote e nas vasilhas, mas logo vai simbora. Há quem diga que não é o Curupira, mas sim almas penadas de antigos moradores de Belterra, que ainda vivem por aí. Sei lá quem é, só sei que gente não é, mas não tenho medo, apenas me arrepio.

— E se eu e meu filho formos duas almas penadas? — brincou papai.

— Vocês não, mas eu e minha neta Daniele, que vive comigo, sim. O abandono aqui é tão grande que tem dia que até penso que somos duas almas penadas.

Conversávamos debaixo de um sol muito quente e papai pediu água. Dona Anízia entrou imediatamente na casa e, instantes depois, retornou com água numa lata e dois canecos, também de lata. Uma mocinha de uns 17 anos veio com ela. Era sua neta Daniele, menina espigada e sorriso tímido. Enquanto bebíamos a deliciosa água, Dona Anízia continuou falando:

— Essa água é de cisterna, pois não temos água encanada na Estrada Seis.

Segundo ela, os moradores da Estrada Seis eram culpados pela falta de água encanada, pois na época do primeiro prefeito de Belterra, Geraldo Pastana, eles se recusaram a participar dum mutirão para restaurar o encanamento que os norte-americanos instalaram há muitos anos e por isso enferrujara. Noutras estradas de Belterra, por exemplo, a Estrada Oito, da Vila Curica, onde os moradores aceitaram participar do mutirão, já havia água encanada.

— A senhora foi contra ou a favor do mutirão? — perguntei à Dona Anízia.

— Claro que fui a favor, pois era para benefício nosso, de todo mundo.

— Mas não é obrigação da Prefeitura colocar água encanada em toda a cidade? — indaguei.

— Pode até ser, mas era o primeiro prefeito e ele encontrou Belterra sem recursos; o prefeito Geraldo Pestana pediu o apoio do povo, ele era bonzinho... — concluiu a boa e crédula senhora, com o tom de quase veneração, típico das pessoas humildes da minha terra, quando se referem a algum raro político que lhes dá sincera atenção.

OITAVO EPISÓDIO

Não foi fácil nos despedirmos de Dona Anízia e de sua neta Daniele. Elas nunca nos viram antes, e conversávamos, quando muito, há uns 30 minutos, mas parecia que nos conhecíamos há muitos anos.

Dona Anízia, querendo nos reter ali por mais algum tempo, tornou a oferecer-nos água — e bebemos; em seguida, insistiu para que aceitássemos "uma xicrinha de café", e não nos deu tempo para dizer "não". Desapareceu lá pra dentro da casinha, onde, certamente, conforme o costume local, havia um fogão à lenha sempre aceso, e logo voltou com as duas "xicrinhas" (na verdade, duas canecas de lata) com o café. Sorvemos o líquido quente devagar, não só para evitar o risco de queimarmos os beiços na lata aquecida, como também porque o cafezinho de Dona Anízia estava muito gostoso.

— Eita cafezinho gostoso! — exclamou meu pai.

— Nós mesmos plantamos, colhemos e torramos o café, por isso é gostoso — comentou, orgulhosa, a mulher.

Terminamos de tomar o cafezinho de Dona Anízia e lhe agradecemos, já entrando no carro, a fim de que a boa senhora não tivesse tempo para apresentar um novo motivo para ficarmos ali mais um pouco.

Liguei o carro e seguimos devagar pela mesma Estrada Seis. Pelo retrovisor, ainda vi Dona Anízia e Daniele acenando adeus, um adeus que se eterniza em minha memória.

Rodamos cerca de quinhentos metros, e a situação não mudou: passamos por duas ou três casinhas de madeira, igualmente fechadas, mas sabíamos que olhos nos espreitavam através das brechas das tábuas ou de trás d'alguma das árvores dos terreiros.

Ou será que as almas viventes estavam na frente das casas e nós não as víamos? Confesso que cheguei a pensar nisso.

A solidão daquelas estradas parecia algo tão real, que cheguei a pensar que todas aquelas pessoas com quem até então conversáramos não existiam.

Atento à direção do veículo, mas procurando ver papai, discretamente, com a minha visão periférica, imaginei a ansiedade que devia tomar conta, naquele momento, de sua alma, sabendo que, a qualquer instante, depois de 65 anos, despontaria diante dele a sua mítica Vila Bode.

Os olhos de papai, já nublados pelo véu dos anos, tinham dificuldade para enfrentar o que as margens da estrada deserta iam revelando.

Via que papai evitava movimentos bruscos de pescoço; olhava para as margens da estrada como se pouco lhe importasse o que surgiria.

Sabendo de sua índole naturalmente pacata e recatada, entendi que eu devia fazer de conta que não percebia a sua ansiedade.

Diminuí ainda mais a velocidade do carro e, quando já quase parava, eis que, destoando de tudo o que até aí víramos, surge diante de nossos olhos, no meio de uma área descampada, uma casa branca, batentes das janelas verdes, coberta de telhas, com dois pavilhões.

"Uma residência? Um prédio público?", perguntei a mim mesmo.

Impossível crer que se tratasse de uma ou outra coisa, pois, novamente, percebi que não havia viv'alma naquele lugar.

Verdadeiramente, sentia-me perplexo e espantado.

Olhei para papai, em busca de uma resposta, e enxerguei-o ao meu lado, como que paralisado, os olhos fixos na casa branca.

Não ousei quebrar-lhe o encanto.

De repente, como que saindo de um túnel escuro e profundo, papai disse, já saindo do carro, com os braços abertos, como se quisesse abraçar algo imenso e longínquo, que só ele parecia enxergar:

— Meu filho, eu estudei nessa escola!

Em seguida, como que voltando a ser um menino, com o semblante transformado e o coração exultante, papai deixou-me para trás e entrou correndo no pavilhão maior da casa branca. Sumiu lá pra dentro. Não fui atrás dele imediatamente. Não podia quebrar a magia daquele momento. Sabia que papai esperara durante muitos anos por aquele instante. Ele precisava acertar as contas com aquele passado que tanto o machucava, depois de 65 anos. Tinha que derrotar um inimigo pequeno que nem ele, mas que, 65 anos depois, tornara-se um grande fantasma, um gigante, que ainda lhe tirava o sono. Eu sabia de cor essa história; papai contara-me incontáveis vezes. Contava fingindo que não sofria com a lembrança; mas sofria. Agora tem a oportunidade — certamente única — de vencer esse gigante.

Deixei passar uns cinco minutos e só então resolvi ir atrás de papai. Devagarzinho, pisando suavemente, com receio de ver o que imaginava que iria ver, entrei na casa branca, mas, antes de entrar, olhei para a placa de ferro já bem enferrujada, que estava afixada na fachada do prédio, onde pude ler: "Ministério da Agricultura — Delegacia Federal da Agricultura — ESCOLA MANOEL G. DE PAIVA — Reformada em 1982 na Administração Walmir Hugo dos Santos".

Construída pelos norte-americanos nos anos 30 do século XX, para servir aos filhos dos seringueiros contratados pela Companhia Henry Ford, a escola passou por essa reforma, ainda no período dos governos da ditadura militar, que se instalara no Brasil em 1964 e abolira as eleições para governador de Estado e prefeito dos municípios e instituiu a ominosa figura do "interventor nomeado". Suponho que o tal Walmir Hugo dos Santos, que aparece na placa, tenha sido um dos interventores nomeados pela ditadura para administrar o município de Santarém, que à época ainda abarcava a área que depois se tornou o município de Belterra. Ao lado dessa placa, avistei outra, de acrílico, informando que a escola passou por nova reforma, em 2005, já na administração do primeiro prefeito de Belterra, eleito pelo povo, Geraldo Pastana.

Tudo isso passou pela minha cabeça assim num "zás", pois o que me prendia mesmo a atenção era a curiosidade a respeito do que estaria fazendo papai lá dentro da casa branca. Aliás, eu até era capaz de adivinhar o que ele estava fazendo, mas precisava constatar com meus olhos.

Pé ante pé enveredei pelo corredor que levava ao terreiro da escola, uma área quadrada tomada quase completamente pelo capim, o que denunciava o estado de abandono em que fora largado o estabelecimento, situação percebida desde que avistamos o prédio, daí que fiquei espantado quando, antes de olhar para o terreiro da escola, escutei vozes alteradas que altercavam entre si. Mais abismado fiquei ao perceber que uma das vozes era a de papai, mas — pasme o leitor! — a voz de papai saía-lhe da garganta frágil e cortante como a de uma criança. Não tive dúvida de que era a voz de papai. De quem seria a outra voz, também de criança? Na escola completamente abandonada, haveria uma criança, sozinha, a brigar com papai? Era difícil crer nessa hipótese. Mas a voz dessa outra criança era tão diversa da de papai, que jamais me passaria pela cabeça que papai, naquela dramatização absurda, desempenhasse os dois papéis. Mas era exatamente isso o que acontecia.

Em pé, no meio do terreiro abandonado, com capim alcançando-lhe a cintura, papai blaterava e gesticulava contra o interlocutor invisível, e este, por sua vez, com a mesma ferocidade verbal, rebatia aos ataques, jamais se misturando as vozes, claro, já que o ator que as proferia era a mesma pessoa.

A disputa se deu mais ou menos assim:

— Pois, agora, seu covarde, se és homem me bate! — dizia papai.

— Se eu quisesse, batia de novo em ti! — retrucava o "outro". — Pois continuas sendo um banana.

— Batia nada! Batia naquela época; quero ver hoje; tens é medo de mim.

— *Axi* que eu tenho medo, seu fedelho! Tenho é pena de ti!

— Então vem pra cima de mim, seu bosta! — desafiava papai, já partindo para cima do inimigo invisível e rolando sobre este no chão.

Quando varei no terreiro, avistei papai assim: rolando sobre o capim, agarrado a um corpo invisível, que parecia lhe resistir tenazmente, pois papai não o largava de jeito nenhum, como que lhe apertando o pescoço.

Sem saber se papai representava uma pantomima ou se deveras tinha ficado louco, quedei-me a observar a cena, a certa distância, até que papai, suado e arfando, largou o seu oponente no chão e levantou-se, batendo com as mãos os fragmentos de folha e capim que se haviam grudado em seu corpo. Quando levantou os olhos e viu que eu o observava, abaixou o semblante, como que envergonhado, mas, depois de breve hesitação, rolou novamente no chão, dando murros na terra e no capim, mas, desta vez, queria me divertir, representando para mim uma briga irreal.

— Pronto! Matei o bicho que estava me matando — disse-me, em tom novamente sério.

E nem precisou continuar. Eu sabia do que ele estava falando. Uma história muito antiga, que papai me contou muitas vezes e, a cada vez que contava, lágrimas escorriam dos seus olhos. A lamentável história do menino que no primeiro dia de aula é espancado e humilhado por um aluno maior, sob o olhar complacente do professor, e que, por isso, nunca mais teve coragem de voltar à sala de aula.

NONO EPISÓDIO

Afixada na parede da velha escola, havia um aviso escrito em papel cartolina: "A direção da escola avisa que as aulas iniciarão dia 24/03 (segunda-feira) no barracão comunitário".

Mas onde se situava o tal "barracão comunitário"? Não sabíamos e nem encontramos alguém que informasse. Olhamos para a estrada, que passava em frente ao prédio abandonado, e não enxergamos gente humana ou outro tipo de gente. Sim, outro tipo de gente, pois, nesses mundões de meu Deus, há "gente humana" e "gente não-humana", como os passarinhos e outras criaturas que povoam as margens dos caminhos e as sombras das árvores.

Ainda mais estranho foi que, no chão da estrada, formado por uma areia encardida, havia rastros humanos e de animais domésticos, como os cachorros, gatos, galinhas e patos. Todavia, os autores dos rastros desapareceram como que por encanto. E isso às 11 da manhã, sol a pino, um sol de brasa, que penetra em todos os lugares e faz suar até a mais fria das almas!

Ainda bem que na Amazônia o sol abrasador tem uma língua esponjosa, que vai lambendo as gotas que se formam sobre a pele e inundam os poros, pois não haveria lenço que pudesse livrar do sufoco.

Suando em bicas e com os miolos cozinhando, resolvemos deixar o carro em frente à velha escola e fomos andando devagar e cautelosamente pela estrada, com a sensação de que olhos curiosos e desconfiados nos observavam. Mas, onde estava o povo de Belterra, naquela sexta-feira que noutras cidades — como, por exemplo, Santarém ou Belém —, àquela hora da manhã, já se movimentava freneticamente pelas ruas? Já estávamos há pelo menos meia hora naquele ponto da Vila Bode e não avistáramos uma única alma!

Do lado esquerdo da estrada havia uma daquelas casinhas brancas com portas e janelas verdes, construídas pelos norte-americanos de um modo tão firme que, transcorridos setenta e cinco anos, embora fossem de madeira, ainda estavam de pé — verdade que maltratadas, devido ao evidente desleixo dos sucessivos governos brasileiros que, não tendo conseguido derrubar de uma vez o que os gringos tão solidamente construíram, vão homeopaticamente realizando o que parece ser o seu intento: derruir o patrimônio material, histórico e sentimental de Belterra, o qual, em mãos de governos competentes e esclarecidos, poderia trazer consideráveis dividendos ao município.

Como as outras portas, a porta e as janelas da casinha estavam fechadas.

Olhando para a estrada até onde a vista alcançava, nada avistamos a não ser o lastro de chão deserto e as árvores domésticas e, atrás e entre as casinhas, aqui e ali, moitas e tufos de capim que medravam no espaço onde, em cidades mais bem-cuidadas, seriam as calçadas.

Três coisas se destacaram na minha percepção. Primeiro, uns restos de lixo jogados na frente da casinha, a denunciar presença humana em sua pior expressão. E depois, os esqueletos do que outrora foram frondosas palmeiras imperiais, a registrarem o lento mas inexorável transcorrer do tempo, imprimindo uma nota melancólica (e por que não dizer sinistra?) ao ambiente a bem dizer (des)humanizado da Vila Bode. E, por último, os rastros de pneus, que faziam dois sulcos na estrada, indícios de trânsito de carros — mas fazia uma hora que estávamos na Vila Bode e não avistamos nenhum carro ou sequer uma bicicleta na estrada!

Para ironia desta história, avistei uma placa de PARE no cruzamento das duas estradas principais da Vila Bode, sem nenhuma serventia, pois, como já disse, não havia ali sequer uma "alma vivente" ou movimento de veículos que a justificassem — e as "almas mortas" ou os "espíritos da floresta", de corpo etéreo, não se deslocam em veículos e nem se chocam nos cruzamentos.

Eu procurava acompanhar todos os movimentos do meu pai, que ia daqui para lá e de lá pra cá, como um menino que de repente se vê andando no mítico espaço de um sonho. Ao deixarmos o nosso hotel, pela manhã, em Santarém, falei para mim mesmo que naquele dia dedicar-me-ia inteiramente ao meu pai.

De uns tempos para cá, esforço-me em conhecê-lo, compensar o "tempo perdido", pois, quando eu tinha oito meses de idade, a minha avó Guida, mãe de papai, adotou-me como seu "xerimbabo" (bichinho de estimação) e nunca mais deixou que meus pais me levassem de volta para casa, de sorte que um vazio de afeto se instalou no meu coração de menino, e esse vazio só aumentou com o passar do tempo, e é por isso que meu pai, nessa decisiva altura da vida, tornou-se muito importante para mim. Conhecê-lo melhor é conhecer melhor a mim mesmo. Pois onde termina o homem e começa o menino? Machado de Assis escreveu no *Memórias póstumas de Brás Cubas* que "o menino é o pai do homem".

Naquela manhã, propus-me a registrar não apenas os movimentos exteriores de papai, mas, principalmente, as suas emoções, pois o que torna uma lembrança inesquecível é a emoção que se preserva dos fatos; a emoção é a vida pulsante dos sonhos; de um sonho coletivo só restam os arquétipos (a casca do sonho); a memória coletiva não consegue reter o sentimento do povo ou da "massa" (nos tempos modernos) no instante em que os espasmos e convulsões sociais marcam a História. Já ao indivíduo isso é possível. Com disciplina e treino, podemos reter a emoção de um momento em vigília ou no sono, e desse labor é que se extrai a matéria-prima da grande arte. Quem retém o "sentimento do mundo" (Drummond) ou a emoção dos acontecimentos jamais terá que sair "em busca do tempo perdido" (Proust).

Já perdi muito tempo na vida e não quero mais perder nem mais um instante. Para que um dia eu não tenha que correr atrás do tempo perdido é que me mantenho aceso perto de meu pai. Mas preciso reter não apenas a memória das suas emoções, como também a das minhas. E só bato fotos quando percebo que a emoção produzida pelo que vemos é tamanha que preciso registrar o *mundo exterior* (a casca do acontecimento), já que ninguém consegue fotografar o âmago (a essência) da Vida. A partir do registro do exterior (as fotos) é que procuro abrir a porta dessa espécie de quarto escuro onde guardei as emoções de papai e as minhas, naquele inesquecível dia em Belterra.

— Onde anda o povo da Vila Bode? — disse enfim papai, saindo de seu longo mutismo.

Não sabendo o que lhe responder, segui seus passos

esforçando-me em acompanhá-lo, pois ele, às vezes, disparava a andar e de repente parava, com uma euforia de menino.

Impressionou-nos a capela branquinha, com duas cruzes na cúpula, asseada. Com esse aspecto, não havia dúvida de que era uma igreja bem visitada. Mas cadê o padre? Cadê o povo? Nenhum acólito, nenhuma senhora bondosa, nenhum fiel! O mais completo despovoamento em torno da igreja e na rua, até onde os olhos alcançavam, fazendo-me lembrar da mítica Macondo, de Gabriel García Márquez. Na cruz maior, fincada no pátio da igreja, flamulava uma grande faixa de pano, ao que parece azul-verde-amarela (cores da bandeira brasileira), indicando de qual direção, àquela hora costumeiramente abafada, vinha o vento.

Sob o tórrido calor do meio-dia amazônico, uma aragem estranhamente fria varria de leste a oeste a vila, acariciando o meu rosto, deixando-me em dúvida se era uma aragem de vida ou de morte. Olhei para papai e vi em seus olhos, já turvados pelo tempo, um misto de perplexidade e frustração.

"Esta não é a Belterra que papai sonhava encontrar", pensei, já um tanto arrependido de tê-lo trazido ao lugar de suas mais caras lembranças.

DÉCIMO EPISÓDIO

Debaixo de um sol a pino, vendo apenas a estrada deserta à nossa frente, eu já não conseguia "pensar em nada" — e pensar em nada "é ter a alma própria e inteira", segundo versos de Fernando Pessoa.

Tudo parecia calmo e sereno, como se eu e papai tivéssemos chegado ao "centro do mundo", àquele lugar mítico onde o Ser se encontra consigo mesmo e já tanto faz ser ou não ser, estar ou não estar, pois, lá, todos os livros e todos os sangues se misturam e não importa se estamos em Macondo de Gabriel García Márquez ou em Comala de Juan Rulfo ou em Yoknapatawpha de William Faulkner ou mesmo em Belterra de meu pai Bernardino Sena. Apenas, a unir todos esses lugares, essa sensação de que tudo isso nos pesa como uma condenação ao degredo, e tudo isto é estrangeiro, como tudo.

Fazia um grande barulho ao contrário. Dava-me uma tendência do choro para a desolação. E um grande mar de emoção ouvia-se dentro de mim... Lembrei outros versos de Pessoa: "Sou nada... Sou uma ficção... Que ando eu a querer de mim ou de tudo neste mundo?"

Mesmo sabendo quão inútil seria o gesto, bati uma foto procurando captar a alma daquele instante: papai em pé, apontando para coisa nenhuma, apenas ele e a sua sombra, cercado pelo desértico silêncio que nos envolvia desde que entramos em Belterra.

Meio-dia, estrada de terra, folhudas árvores às margens, e, apesar disso, nenhuma folha sobre o chão da estrada. Num dos lados, ao fundo, tijolos para construção caprichosamente amontoados, a denunciarem presença humana. Mas, cadê o povo, cadê os moradores das casinhas de madeira cobertas de telha de amianto?

Mais de uma vez, pensei que poderíamos até entrar numa daquelas casinhas e comer o que encontrássemos na cozinha ou mesmo tirar uma soneca lá dentro, sem que ninguém viesse interromper o nosso sossego. Mas uma aragenzinha fria e malévola, que passava por nós e enchia-me de um temor reverencial por tudo o que estava à nossa volta, como se fôssemos objeto de observação de mil olhos que se ocultavam em todos os lugares da Vila Bode, impedia-nos de devassar aqueles recessos.

Durante todos esses instantes, eu e papai permanecemos calados, como que temendo quebrar o encanto de tudo aquilo; apenas com nossos olhos nos comunicávamos. Eis que, de repente, quando já chegávamos ao fim da Vila Bode, surgiu, como que do nada, um homem ou algo parecido com um homem, pois — depois de uma hora circulando pelas estradas da Vila Bode, sem ver gente humana — passou pelas nossas cabeças que podíamos estar diante de uma miragem de gente ou mesmo uma assombração enviada pelo capeta para nos afastar da Vila.

Talvez também desconfiando de que o que via não era humano — ou por outro motivo que instantes depois saberíamos —, o homem ia passando sem levantar o rosto ou desviar o olhar para nós. Estávamos a pé, pois deixáramos o carro lá atrás, perto da velha escola abandonada, o que talvez soasse estranho à criatura que passava por nós.

— O senhor mora aqui? — perguntou papai, com uma voz diferente da sua.

O homem parece que não ouviu, pois continuou pedalando e já ia se afastando de nós, mas, de repente, parou, e, firmando-se sobre o guidão da bicicleta, mas sem torcer o pescoço para trás, respondeu, com uma voz que se parecia mais com um sopro no buraco de uma cabaça:

— Moro, mas não sou daqui.

Falou e continuou de costas para nós, de modo que só lhe víamos a nuca, sem cabelo.

— Cadê o povo da Vila Bode? — tornou papai.

— Sabe Deus! Está por aí — disse o homem ou o que se parecia com homem.

— O senhor vai para onde? — perguntei-lhe.

— A lugar nenhum — respondeu o homem secamente, ainda sem mostrar o rosto.

— Como a "lugar nenhum"? — tornei a perguntar.

Sem saber por quê, receei que o homem virasse o rosto para mim.

— É que toda essa vila está morta, não perceberam? Coisas acontecem por aqui, de dia ou de noite, mas ninguém vê quem faz essas coisas.

— E o senhor faz parte dessa gente? — perguntou papai, lançando um olhar significativo para mim.

— Agora faço, mas por pouco tempo, estou indo embora daqui — disse o homem.

— Para onde o senhor vai? — perguntei-lhe, já desconfiando de onde ele viera e para onde ia.

— Vou para Manaus, de onde eu vim — explicou o homem, que, durante todo o diálogo, se mantivera com o rosto escondido.

— O que o senhor veio fazer aqui, se tudo isso aqui está morto? — perguntei.

— Vim visitar minha tia, que estava para morrer — disse o homem.

— E ela ainda vive? — perguntou papai.

— Não. Quando cheguei, ela já havia sido enterrada.

— E aí o senhor resolveu ficar mais um pouco com os parentes... — falei para o homem.

— Não há parentes — disse o homem.

— Então o senhor mora com quem? — perguntei.

— Com ninguém; na verdade, não moro em lugar nenhum; vim procurar minha tia porque eu também estava muito doente, quase para morrer e precisava de ajuda; mas, quando cheguei... — disse o homem, interrompendo a frase.

Nesse instante, papai se aproximou de mim e cutucou meu braço como se me dissesse "vamos embora", mas, atraído pelo jeito melífluo do homenzinho, não o atendi.

— Vejo que o senhor já está melhor — comentei.

— Sim, estou muito melhor do que antes; já não sinto dores nem nada — disse-me o homem.

Papai, agora me puxando pelo braço, sussurrou-me, com olhos expressivos:

— Para com isso, filho. Não vês quem é esse aí? Vamos já embora daqui!

Antes que lhe virássemos as costas e nos afastássemos, a criatura virou-se para nós e mostrou o que desde o início ocultara: um rosto bexigoso e carcomido por varejeiras, que me fez estremecer até à medula. Quase correndo, afastamo-nos uns dez metros e só então olhamos para trás. A criatura havia repentinamente desaparecido, restando a estrada deserta e as casas desabitadas da Vila Bode. Apesar do susto, papai ainda teve coragem para se deter diante de uma das velhas casas da vila e exclamar: "Meu filho, foi nesta casa que eu morei com mamãe no tempo dos norte-americanos!"

A casinha, como todas as outras casinhas da Vila Bode, estava fechada e parecia desabitada. Ao lado do batente da porta, via-se um buraco por onde — brincou meu papai, com olhos todavia tristes — podiam passar as almas dos moradores invisíveis e também os ratos.

DÉCIMO PRIMEIRO EPISÓDIO

Deixamos para trás a Vila Bode com a sensação rara de que eu e papai havíamos encontrado essa "coisa central" que, no fundo, todo ser humano procura, ou seja, coisa nenhuma.

Lembrando do verso de Pessoa — "Não estou pensando em nada, e que bom!" —, deixei-me levar. "Isto é vida?", indaguei-me, olhando para a casinha que surgiu num dos lados da estrada.

Bem alicerçada e com paredes de madeira sobre base de tijolos, coberta com telhas de amianto, a casinha parecia ter sido construída com esmero.

As chuvas de maio fizeram crescer uma camada de relva verdejante em torno da casinha, onde havia até uma antena parabólica. As janelas estavam abertas, mas nenhum rosto humano ou coisa parecida despontou nas janelas.

De repente, para meu pesar, voltei a pensar: "O fim é ao menos o já não haver que esperar". Então deixei o carro parar e senti que um sono repentino descia sobre mim, um sono mental, o sono da soma de todas as desilusões. Ou o sono da síntese de todas as desesperanças; o sono de haver mundo comigo lá dentro, sem que eu houvesse contribuído em nada para isso.

Coloquei o carro em movimento e, discretamente, olhei para papai, que, durante o meu silêncio, viajara por regiões muito distantes.

Como quem retorna para casa, estendeu-me um olhar

prenhe de significados. Senti que, naquele momento, papai era um homem comovido. Não porque tivesse uma semelhança com ideias ou doutrinas, pois é homem simples e sem a ciência dos que tiveram a oportunidade de instruir-se, mas carrega no peito algo que é naturalmente seu, e que ninguém poderá lhe retirar: a vasta fraternidade com a humanidade verdadeira.

A esmerada casinha também ficou para trás e, logo adiante, tive que parar numa encruzilhada para decidir qual rumo tomar. Mato ralo por todos os lados, sem placas de identificação, não sabíamos para onde ir. Acabamos por virar à esquerda. Diferentemente das estradas anteriores, esta se mostrava não apenas deserta e silenciosa, mas também desabitada e hostil. Mais estreita do que as outras, uma capoeira mais alta crescia de um lado e de outro da estrada e, ao olharmos para diante, tinha-se a impressão de que a estradinha, em algum ponto indefinido, se fechava sobre si mesma, levando-me a pensar em retornar, mas, quando já me dispunha a isso, enxerguei um homem e uma mulher que vinham em sentido contrário.

Embora precisássemos de informações sobre as estradas, receei cruzar com o casal, mas não havia mais tempo para evitar o encontro e decidi passar pelos estranhos como se não os tivesse notado, com o vidro da porta levantado, mas esse pensamento, que me fez lembrar do que os amedrontados motoristas fazem nos perigosos cruzamentos de São Paulo, causou-me mal-estar. Eu, que jamais me poupara de cumprimentar a uma pessoa, estava prestes a desconhecer a presença do casal! Acabei freando o carro e baixando o vidro da porta ao aproximar-me do casal, o qual, por um instante, pareceu hesitar — provavelmente, com medo de nós. Por fim, também pararam de andar e aproximaram-se da porta do carro. Sem que lhes perguntasse nada, informaram:

— É arriscado seguir por essa estrada; está cheia de poças de lama.

O estranho foi que disseram isso, mas, olhando de soslaio para os seus pés, não vi qualquer vestígio de lama!

— E vocês, de onde vêm? — perguntei, recuperando um pouquinho da presença de espírito.

— Viemos dali — disse o homem, apontando para a capoeira de uma das margens.

— Mas aí só há mato! — exclamei, imediatamente arrependido de ter pronunciado essa frase, pois o meu sexto sentido dizia-me que estávamos numa situação delicada e que eu não deveria aborrecer os dois estranhos caminhantes.

— Não importa de onde viemos; conhecemos todos os caminhos — retorquiu o homem. E, para o meu espanto, completou: — Sei que vocês procuram a Estrada Um, não é mesmo? Pois nós levamos vocês até lá.

O homem disse isso e imediatamente esticou o braço como que para abrir a porta do carro, levando-me, num gesto reflexo, a pisar abruptamente no acelerador e arrancar-me daquele lugar.

Um instante depois, quando olhei pelo retrovisor, ainda avistei o casal como que correndo pela estrada, mas, quando voltei a olhar, não mais o enxerguei, embora a estrada fosse reta e longa. Teriam entrado nos matos da margem ou... — fiquei a matutar, enquanto seguia pela estradinha fina e asfixiante, com sua mataria lateral cada vez mais densa.

— Esse mato não existia na época dos norte-americanos — disse papai, fingindo que nada havia acontecido. E explicou que em todas as quadras só havia seringueiras. — As seringueiras, certamente, aqui foram derrubadas — finalizou, e fechou-se em silêncio.

Rolamos pela estrada mais uns cinco minutos, e nada das anunciadas poças de lama; a estrada estava até bem enxutinha, apenas parecia ir se afinando cada vez mais, o que me provocava uma sensação de aperto no coração, na alma. Não era propriamente medo que eu sentia, mas algo como uma difusa desesperança ou mesmo uma convicção de que, qualquer que fosse o rumo que tomássemos, continuaríamos sem destino, perdidos no meio do nada.

E a sensação de aperto se aprofundava à medida que avançávamos por aquela estrada. A capoeira havia ficado mais alta e sombria. Entrei como que numa vertigem de olhos abertos; sentia-me acordado, mas havia penetrado numa região de sonhos, ou pior, de pesadelos, pois comecei a ouvir vozes, uivos, lamentos, gemidos, e as árvores retorcidas da margem começaram a mover-se e alongar-se sobre o leito da estrada e entrelaçavam-se no alto, formando uma espécie de caramanchão que, em seguida, ia baixando sobre o teto do carro.

Olhei para papai e enxerguei em seu rosto e no seu olhar a mesma expressão de espanto e pavor. A cena asfixiante o remetia, naquele momento, ao dia já remoto de sua infância, no Lago Grande, quando ele, com apenas seis anos de idade, teve que enfrentar a noite densa e o capinzal fechado, onde moravam *sucurijus* gigantes, a fim de escapar do Antônio, o malvado filho do fazendeiro Teodoro. "Volta, moleque, senão te mato!" — gritava Antônio, o grito se misturando com os uivos e gemidos que vinham da capoeira lateral à estrada.

Para completar esse quadro, começaram a surgir, nas duas margens da estrada, fincadas de dez em dez metros, como pequenas cruzes, estacas em cujas pontas se viam pequenas placas, e em cada uma podia-se ler a abreviatura de nomes: "J. Castro", "B. Souza", "N. Costa" e assim por diante.

Por um longo trecho vimos essas placas, e uma sensação de cemitério tomou conta de mim. Imaginei que as almas das pessoas representadas pelas abreviaturas estavam encravadas naquelas minúsculas áreas, de onde jamais poderiam sair.

DÉCIMO SEGUNDO EPISÓDIO

Às vezes, o sentimento de desolação é tão grande dentro da gente que a gente fica mudo e, de repente, a alma ferve, estoura... A gente é então capaz de falar até com uma pedra, com uma árvore... Assim me sentia naquela tarde sem tempo de Belterra, rodando lenta e suavemente pelas suas estradas incompreensivelmente desabitadas, mas prenhes de vultos e segredos.

A estranha estradinha, cheia de mistérios, que nos trouxera até ali, entregara-nos a um novo mistério, pois diante de nós víamos agora algo como uma estrada maior, mas com aspecto de completo abandono; por ela veículos teriam passado um dia, uma vez que ainda se viam sulcos de pneus já cobertos pelo capim.

Deixei o carro ir parando e, por fim, desliguei o motor. Notei que, na verdade, estávamos diante de um cruzamento confuso de caminhos, um dédalo, uma encruzilhada. À esquerda, a estrada aparentemente abandonada, ladeada de mato ralo, mais larga que as anteriores, mas que parecia se findar mais adiante. Ao centro, a estradinha asfixiante, morrinhenta, que nos causara sobressaltos, seguia em frente e se perdia no sem-fim. À direita, enfim, um elemento novo na cena até então desoladora chamava a atenção: uma casinha aos fundos de um terreiro, coberta de palhas e toscamente cercada com tábuas, e, à sua frente, beirando a estrada, vasilhames vazios, com suas bocas voltadas para o céu, como que à espera de chuva.

— Ham, então aqui se bebe água! — disse papai, saindo de seu já longo silêncio.

Mas, pensei eu, onde estão as pessoas? Como resposta, avistei, repentinamente, como que surgida de lugar nenhum, uma mulher de certa idade, à frente da casinha.

Como todas as mulheres (até aí, às 3 da tarde, havíamos encontrado apenas duas em nosso caminho!), esta era magra e tostada pelo sol, mas, evidentemente, não tinha a pose e o viço das "garotas de Ipanema"; ao contrário, a compleição franzina e ressequida da mulher parecia decorrer de uma força inexorável e imaterial, não explicada por qualquer ciência — até porque a "ciência", na busca de clientela mais rica, costuma se aboletar no conforto das grandes cidades e pouco se interessa pelas vidas largadas a esmo no coração da floresta.

Ao ver-nos, a mulher aproximou-se de nós sorrindo. Como as anteriores, era magrinha e frágil, mas, embora tivesse a mesma pele ressequida pelo sol inclemente do equador, o seu sorriso, aberto entre as rugas do rosto, cintilava como as águas de uma fonte a jorrar no meio de um deserto. Aquela mulher pareceu-me um oásis de confiança e vida cercada pela desolação humana chamada Belterra.

Sem demonstrar qualquer receio, falou-nos:

— O que houve? Parecem perdidos.

Retomando o seu costumeiro bom-humor, papai respondeu:

— Perdidos não, só um pouco desorientados, pois quem anda sem rumo nunca se perde.

— Mas para onde vão? — insistiu a boa mulher. Mulher, sim, pois, enfim, eu tinha certeza de que não estava a andar numa cidade fantasma. Estava diante de uma mulher de verdade, de carne e osso, e via, em detalhes, os pequenos estragos que o tempo faz na pele de uma pessoa, misturados às cicatrizes que outras pessoas e as coisas realizam. No fundo de seu olhar brilhante, enxerguei as minúsculas ranhuras que as circunstâncias da vida lhe provocaram. Sob a superfície aparentemente translúcida de seu sorriso, vi as turvas correntes de uma vida de privações e abandono.

— A senhora pode nos dizer precisamente onde estamos e como chegar à Estrada Um? — perguntei-lhe.

— Não querem água? — perguntou a boa mulher, como se não tivesse escutado o que lhe indagara.

— Não, obrigado. Só queríamos que a senhora nos dissesse onde estamos e o que devemos fazer para chegar à Estrada Um — insisti.

— Entrem, bebam água! — disse a mulher, ela própria já se dirigindo à porta da casinha.

Estupefatos com o excesso de confiança da pequena mulher, não a seguimos. Olhei para o rosto de papai e ele correspondeu-me com um sorriso. Depois disse:

— Isso, filho, é coisa rara — mas não se moveu de onde estava.

Então compreendi que "rara" não era a mulher que estava diante de nós — aliás, destituída de qualquer formosura e desenxabida como todas as que avistáramos até então em Belterra. Claro que a "cidade" devia ter as suas beldades, mas onde estavam elas? Ah, sim, "na Estrada Um", onde estão todas as coisas e tudo acontece — foi o que pensei naquele momento. Papai se referia às outras qualidades de uma mulher, as que têm verdadeiro valor numa pessoa.

— Sim, onde já se viu uma mulher, sozinha, numa terra inabitada, franquear as portas para dois estranhos?! Santa loucura! — murmurei, confesso que ainda contaminado pelo clima de medo e insegurança que impera nas grandes cidades.

— Entrem, não tenham medo, sou apenas uma velha que não espera mais ninguém — insistiu a "velha" que tinha no máximo 55 anos.

— Obrigado, mas somos dois estranhos e não podemos entrar assim sem mais nem menos em sua casa; cadê o seu marido? — perguntou papai.

— Está ali — disse a mulher, apontando para a já referida estrada larga mas curta, recoberta de capim, para onde olhamos sem entender, pois nada avistamos senão mato e capim, até onde a vista alcançava; nenhum vestígio de gente humana. — Não há problema, podem vir, pois de lá meu marido está de olho na Estrada e em mim.

— E o que seu marido faz lá? — ousei perguntar-lhe.

— Nada, pois ele é o vigia da Estrada, mas não passa mais ninguém por ali — explicou a mulher.

— Mas ele não se zanga por estranhos entrarem em sua casa sem sua permissão? — indaguei, deveras admirado.

— Não, pois ele sabe que quem entra nesta casa sem sua permissão só sai quando ele permitir — explicou a mulher.

Tais palavras nos deixaram apreensivos, como a presa diante do alçapão do caçador, mas já era impossível não obedecer àquela frágil mulher, parecia impossível recusar sua gentileza sem incorrer em algo bem mais grave do que uma grosseria ou um erro, verdadeiro pecado. Acabamos indo em direção à mulher, que nos esperava à porta da casa. Entretanto, repentinamente, como que do nada, surgiu o homem.

— Sejam bem vindos à nossa humilde choupana — cumprimentou-nos, já ao nosso lado.

E nós, ao mesmo tempo aliviados e apreensivos com a surpreendente aparição do marido, aceitamos o seu convite, e não me arrependi, pois foi um dos momentos altos daquele estranho e inesquecível dia em Belterra.

DÉCIMO TERCEIRO EPISÓDIO

Revendo as fotos que tirei daquele episódio, impressiona-me que, sendo eu e papai completamente desconhecidos do casal e este de nós, tenha se estabelecido uma tal intimidade entre nós que, apenas cinco minutos depois de nossa chegada, já nos víamos com nossos anfitriões atrás do casebre conversando animadamente e trocando confidências, como se há muito nos conhecêssemos.

Com a mania que tenho de sonhar com textos que ainda não foram escritos e enxergar coisas invisíveis, enquanto papai ia conversando com o homem eu escutava o seguinte diálogo, lido sabe-se lá em qual dos livros que subsistem comigo depois de tantas mudanças:

"Amigo, não sou nada. Nunca serei nada. Não posso querer ser nada. Tinha todos os sonhos do mundo, mas falhei em tudo."

"Eu também, amigo. Fui ao campo com grandes propósitos. Mas lá encontrei só ervas e árvores. Que sei eu do que serei, eu que não sei o que sou? Não, não creio em mim. Em todos os manicômios há doidos malucos com tantas certezas!"

"É, amigo. O mundo é para quem nasce para o conquistar e não para quem sonha que pode conquistá-lo, ainda que tenha razão."

"Compreendo, amigo, o que você diz: Serei sempre o que não nasceu para isso. Serei sempre só o que tinha qualidades. Serei sempre o que esperou que lhe abrissem a porta ao pé de uma parede sem porta. Mas ao menos ficará da amargura que nunca seremos a caligrafia rápida desse nosso encontro."

Não saberei descrever o que meu pai e aquele homem, que saltou de uma encruzilhada e entrou em nossas vidas, conversaram, nesses dois ou três minutos em que meu pensamento divagou por esfumaçadas lembranças recolhidas nas páginas de velhos e já carunchentos livros que há anos me acompanham; livros que fazem parte da minha intimidade mais do que a maior parte dos parentes e "amigos".

Ao despertar do devaneio, vi que o homem chorava e papai, com os olhos marejados, escutava-o atentamente.

"Pois é, amigo. Meu coração é um balde despejado. Como os que invocam espíritos invoco a mim mesmo e não encontro nada", dizia o homem, interrompido por um soluço. Mas, tomando fôlego, continuou: "Estou hoje vencido, como se soubesse a verdade, mas sou o maior dos mentirosos. A única verdade que reconheço é que menti para mim mesmo desde que nasci. A minha única lucidez é reconhecer isso. Mas o que adianta reconhecer agora. Tudo passou, ficou para trás, se perdeu. Restou-me esta mulher e este lugar onde só os fantasmas e os que estão em busca de coisa nenhuma, como vocês dois, encontram."

"Não seja tão severo consigo, amigo. Quem não foi enganado ou enganou-se a si mesmo neste mundo?", consolou-o papai.

"O diabo é saber disso e não se emendar de seu erro", disse o homem. E deu início a uma história que eu ouvi como se estivéssemos fora do tempo. A carência daquele homem era tanta, a sua solidão tão tremenda, que ele escancarou o seu coração para meu pai como quem abre o porão dos segredos ao seu próprio fantasma.

"Rodei mundo, trabalhei em muitas coisas, negociei, amei muitas mulheres, casei, descasei, perdi tudo e larguei-me de novo pelo mundo, até cair aqui com esta mulher, que me tem aguentado", começou o homem.

Exatamente como chegara ao Pará, quinze anos atrás, vindo do Ceará, onde nascera, nunca saberíamos. O que o homem estava sedento para nos contar era por que largara tudo para trás — casa, terras, parentes, o lugar de suas tenras lembranças — e viera para um lugar como Belterra. Mas, como em todo destino, é refazendo os passos da ida que melhor compreendemos o retorno.

"Há quinze anos me escondia aqui com esta mulher e tentava esquecer o passado. Toda tarde dizia para mim mesmo: Esta noite não sonharei com meus filhos nem me maldirei pelo que fiz ou deixei de fazer à mãe deles. Mas, de manhã, lembrava dos sonhos da noite, ou melhor, dos pesadelos, que esta mulher bem conhece. E nas noites seguintes os pesadelos voltavam. Mas me julgava liberto da realidade. Não cria que alguém real, que conhecesse o meu passado, um dia fosse descobrir o meu esconderijo."

Até que um dia, ou melhor, um começo de noite, os pássaros noturnos já esvoaçando sobre as árvores do quintal, ouviram palmas e alguém chamando "Ei de casa!"

"Era o meu filho caçula, que larguei no colo da mãe quando saí de casa. Eu não sabia quem era, até tive medo, pois quem se atreveria a andar, àquela hora, por estas estradas desertas, onde só os fantasmas caminham? 'Aqui é a casa do senhor fulano?', perguntou o rapaz, que logo vi tinha a minha cara. 'Não!', disse eu, espantado com tamanha semelhança. Certamente, o jovem também se reconheceu em meu rosto, pois, indo direto ao que lhe trouxera, afirmou: 'Pai, não tenha medo ou receio. Vim em paz. Quero apenas lhe conhecer e dar-lhe um abraço'. E então nos abraçamos e choramos. Abraçado ao rapaz como se fosse comigo mesmo, sentia-me renascer, mas, no mesmo instante, preferia morrer, de remorso e vergonha. Aquele rapaz, com o seu abraço, o seu pranto de criança, esbofeteava-me. A mulher, ao nosso lado, via tudo, mas nada dizia. Foi sempre assim: amiga, paciente, carinhosa e calada, aceita a mim e o meu passado como aceita esses gatos que vieram sabe-se lá de onde e foram ficando, ficando..."

Depois de três dias, já sem saber o que fazer com aquele 'fantasma' que se levantara das tumbas da memória, o homem escutou o jovem dizer-lhe: "Pai, quero que vá comigo até o Ceará, onde os outros teus filhos querem festejar o teu próximo aniversário".

De pronto, o homem disse que não. Não poderia ir sem levar a mulher, mas jamais poderia ir ao lugar onde os filhos e a mãe destes poderiam aborrecê-la. "Vai, marido. Fico aqui te esperando", disse então a mulher, adivinhando os seus pensamentos.

"Pois esta mulher, amigo, adivinha os meus pensamentos", disse o homem, alisando carinhosamente a mão da mulher.

E então, já no dia seguinte, pai e filho partiram para o Ceará, onde os sete outros filhos o aguardavam e ofereceram-lhe uma festa como jamais alguém lhe ofertou.

"Amigo, eu sou crente, evangélico, há anos não colocava uma gota de álcool na boca, mas, naquela noite, vendo a alegria dos meus filhos, não tive forças para dizer não, quando o meu caçula me ofereceu uma taça de vinho. Na verdade, naquela noite, bebi tanto, de alegria, de vergonha, de tristeza, de saudade do passado que eu estraguei, da mulher que eu havia deixado em Belterra sozinha, neste ermo, tão amiga e fiel, que precisaram me carregar para a cama, de tão chapado que fiquei. Meu Deus! Que vergonha! No outro dia, lembrando da minha fraqueza na noite anterior, pedi perdão a Deus pelo mau testemunho e despedi-me de todos com lágrima nos olhos, mas o coração aliviado, e desde então durmo tranquilo, sem os pesadelos."

Em seguida, foi a vez de papai falar do seu passado e dos anos que, na infância, viveu em Belterra. Animado pelas confidências do nosso anfitrião, derramou-se diante daquele estranho como se o conhecesse há séculos.

Com um bastão (e a voz cheia de emoção) papai foi desenhando no chão a geografia dos anos que viveu em Belterra.

Ali, num fundo de quintal perdido numa estrada qualquer da esquecida Belterra, papai deixou pedaços de sua vida gravados na memória daquele solitário casal e na retina dos gatos que, perto de nós, participaram do momento sem jamais serem notados.

"Pois é, amigo. Parece que temos algo em comum", observou o homem, depois que papai cessou de falar. "Fizemos de nós o que não soubemos, e o que podíamos fazer de nós não o fizemos. Rondamos o mundo e agora nos encontramos aqui. Você procurando pelo que não existe mais, a Belterra da sua infância. E eu vigiando uma estrada por onde ninguém mais passa ou passará."

E o homem contou que era seu dever todos os dias acordar cedo e, depois do desjejum, ficar vigiando aquela estrada deserta, tomada pelo capim, e, mesmo sabendo que há anos ninguém passava por ela, torcer para que alguma alma vivente surgisse lá onde o mato ficava mais ralo e ainda se via vestígios da estrada.

— Mas por que o senhor vigia a estrada se ninguém mais passa por ela? — perguntei.

— Por que me mandaram vigiar — respondeu o homem.

— Quem lhe mandou vigiar? — prossegui.

O homem não respondeu; ficou olhando a estrada fantasma como quem olha para o nada e murmurou esta única palavra: "Ele".

Ele quem? Eu queria saber, mas o homem nada acrescentou, apenas disse que tinha saudade do tempo em que utilizavam a estrada e ele tinha que ficar de olho em quem passava por ela.

"Passava ou pousava", acrescentou.

— Pousava? — perguntei.

— Sim, pois também servia de aeroporto, mas não serve mais.

Nessa época, o seu trabalho tinha importância; todo avião que pousava era revistado por ele, só então os tripulantes podiam deixar o avião, até o dia em que uns caras mal-encarados pousaram e já vieram lhe dizendo: "Cai fora, caboclo! Temos autorização para pousar e não sermos incomodados".

Ele ainda tentou vistoriar, mas os caras o empurraram contra as hélices do avião e ameaçaram estraçalhar com ele se se metesse a besta. Então saiu correndo para casa e os caras ainda ficaram na pista uns dez minutos e depois levantaram voo sabe lá pra onde, mas o homem ainda pôde ver, debaixo dos assentos do avião, pacotes de maconha e cocaína.

No dia seguinte, logo cedo, correu para a Estrada Um e procurou o prefeito de Belterra, o mesmo que o havia contratado para vigiar a estrada, cujo nome não quis nos dizer, mas este, para sua decepção, depois de ouvir o que lhe ocorrera no dia anterior, falou-lhe:

"Amigo, deixe de besteira. Continue vigiando a estrada, mas faça vistas grossas aos aviões estranhos que lá pousarem. Pra que criar caso com essa gente?"

"Eu gostava de vigiar, mas, desde aquele dia, dei graças a Deus porque a Prefeitura abandonou a estrada e nada mais pousou ou passou por lá", disse o homem, com tristeza no olhar.

Mas, apesar da inutilidade de sua função, pois passava dias sem ver viv'alma, não podia deixar aquele lugar; vigiar a estrada fantasma era o seu sustento.

Além do isolamento e da solidão em que viviam, a mulher disse que enfrentavam outro problema: falta de água, até para beber, daí as vasilhas dispostas no terreiro à espera da chuva.

A magia do encontro com aquele casal foi quebrada quando um caminhão-pipa, fazendo um barulho dos diabos, chegou com a tão preciosa água.

Por um instante, vimos a alegria, ainda que passageira, abrir-se no engelhado rosto da senhora.

Sentindo que o nosso tempo se esgotara naquela casa, entramos no carro e pusemo-nos novamente a caminho, pegando a Estrada Nove, à direita, conforme nos dissera o homem.

Não insistimos na despedida, pois percebemos que o casal se voltara completamente para a água que estava na barriga do caminhão-pipa, como se o nosso encontro já fizesse parte de um passado por demais remoto.

DÉCIMO QUARTO EPISÓDIO

Deixei o carro rodar uns duzentos metros e quando vi que a estrada ia se afinando como a outra que nos trouxera até ali e a alma começava a ficar apertada, resolvi procurar outro caminho.

E então aconteceu algo que nos deixou muito tristes: ao passar frente à porta do casal que com tanta emoção nos recebera, nossos olhares se cruzaram com os deles, mas, talvez por que estivessem concentrados em receber a preciosa água trazida pelo carro-pipa, olharam para nós mas foi como se nunca nos tivessem visto.

Procurando encurtar o desgosto que vi no rosto de papai, pressionei o acelerador e enveredei por uma estrada — que depois soubemos ser a Estrada Seis — de solo avermelhado e arenoso, comprida a perder de vista, e deserta, completamente deserta.

Tal estrada, entretanto, distinguia-se das demais, pois, de um lado e do outro, enxerguei algo como a alma de uma capoeira que outrora existira no lugar, baixa e rala, que crescera depois de terem derrubado a mata nativa ou as antigas seringueiras, e essa, por sua vez, dera lugar a uma longa faixa de terra descampada, coberta levemente por uma verdejante plantação de milho ou algo parecido, não sabendo ao certo do que se tratava.

"Sim, as árvores têm alma", pensei.

Diminuí a marcha do carro e, investigando de soslaio o rosto de papai, enxerguei nele as sombras de uma grande decepção. Certamente, imaginei eu, a aparente frieza daquele casal, que nos tratara com tamanha distinção e, minutos depois, olhara nos como se jamais nos tivesse visto, seria a causa da decepção que eu julgava ver no rosto de papai.

Mas logo descobri que havia outro motivo.

"Cadê as seringueiras que os norte-americanos plantaram aqui?", murmurou papai, como se falasse consigo mesmo.

"Faz muito tempo, 80 anos! Muita coisa aconteceu de lá até agora; os norte-americanos se foram e ondas de gente, de todas as origens e lugares, passaram por aqui sem conseguir se fixar", arrisquei dizer, receoso de interromper os pensamentos de papai, mas este, ao ouvir a minha voz, de modo surpreendente, desandou a falar, e contou-me coisas que eu não conhecia e julgava que ele também não soubesse — pois papai foi aluno de uma escola regular por um único dia, o fatídico dia em que, com a conivência do professor, viu-se surrado por outro menino. Na vida dura que lhe restou, como cortador de juta nas margens alagadas do rio Amazonas, ou nas andanças por mil trilhas em busca de produtos da selva como o caucho, o jutaí-cica, a sorva, o cumaru, ou nas inumeráveis casas que ajudou a construir ou construiu, como pedreiro que, por esforço próprio, chegou a "mestre de obra", tendo unicamente a vida como professora, aprendeu a decifrar as letras e a garatujar seu nome sozinho.

"Parece que estou vendo, filho, as longas fileiras de seringueiras já crescidas, quando aqui cheguei, ainda menino", foi falando papai, com o olhar perdido na plantação que se estendia à nossa vista, nas duas margens da estrada. E continuou: "Dava gosto de ver as fileiras a perder de vista, um metro entre uma e outra, se afunilando lá longe, até onde a vista alcançava, sem nunca se encontrarem, e, quanto mais a gente se enfiava entre as fileiras, mais estas iam seguindo, seguindo, sem jamais se cruzarem, e passavam para o outro lado da estrada e assim seguiam como irmãs gêmeas, juntas e amigas, conversando uma com a outra, de dia e de noite, sem jamais se atrapalharem; dava gosto andar entre elas."

A fim de não atrapalhar o devaneio de papai, parei suavemente o carro, tão suavemente que ele nem percebeu que havíamos parado, e, metido tão fundo entre as fileiras das seringueiras da sua infância, continuou falando.

Os norte-americanos haviam chegado a Belterra em 1934, a grande guerra ainda não havia estourado, mas os norte-americanos, com o seu olho de águia, sabiam que era apenas uma questão de tempo e o mundo seria incendiado. Os seringais ingleses na Malásia, que supriam a indústria de pneus, já haviam caído sob o poder dos japoneses, por isso eles vieram para a Amazônia, pois achavam que na Amazônia, por ter clima quente e úmido como na Malásia, daria certo plantar seringueiras.

Chegaram e foram logo derrubando a mata, que aqui ainda era virgem, nunca tinha sido cortada, pois os índios e os caboclos, moradores da terra, só cortavam árvores na beira dos rios onde moravam.

"Cheguei a Belterra em 1944, fedelho de tudo, 11 pra 12 anos. As seringueiras, plantadas dez anos antes, já estavam bem crescidinhas. Em abril de 1934, tomou posse o diretor da Companhia Ford Industrial, com sede em Belterra, e a cidade então começou a ser construída. Contrataram os 'auxiliares rurais', como eram chamados os seringueiros, que tinham carteira de trabalho e recebiam placas de identificação conforme sua função; até eu, trabalhando na horta, recebi o meu crachá. E começaram o desmatamento para a abertura de estradas, vilas e plantações de seringueiras. Nas áreas desmatadas, construíram casas para os empregados casados e alojamentos para os solteiros, clubes, hospital, escola e até campo de futebol, tudo planejado, como nunca se vira; do dia para a noite surgiu uma cidade no meio das seringueiras, que foram divididas em quadras, cortadas pelas estradas: no eixo leste-oeste eram os números ímpares e no eixo norte-sul, os pares; cada quadra media 400 metros de largura, uma beleza, dava gosto de a gente ver, um verdadeiro prodígio."

Papai parou de falar e assim ficou por alguns minutos, como que engolido por seus pensamentos. Pus o carro em movimento e seguimos, lentamente, pela estrada margeada por milharais ou coisa que o valha. A já conhecida melancolia parecia ter tolhido a fala de papai. De repente, como que saindo de um turbilhão de lembranças intraduzíveis, papai voltou a falar, mas, agora, se via um friso irônico no canto de sua boca; sua voz saiu um pouco rouca:

"Os sacanas dos norte-americanos pensaram que era só derrubar a mata a torto e a direito e ir plantando as suas lucrativas seringueiras, com a mão de obra barata, quase escrava, do caboclo amazônico. Em 1937, meu filho, cerca de 3 milhões e 200 mil seringueiras tinham sido plantadas! Imagina o estrago que isso fez na floresta. Foram queimados aproximadamente 2 mil e 600 acres para plantio de seringueiras, em 1934. Coitada da floresta, que vivia quietinha no seu lugar e se renovava sozinha, sem nunca ser molestada, e, de repente, chegam os americanos, os bacanas, com suas luvas de pelica mas trazendo tratores e motosserras, e puseram os caboclos pra cortar mato e plantar seringueiras. No começo, tudo parecia ir muito bem; no húmus fértil resultante das queimadas cresciam rapidamente as mudinhas: um, dois, três, quatro metros de altura, de um mês para outro, uma beleza! A nova cidade florescia junto com as seringueiras. Em 1939, quando a guerra já infernizava o mundo, os norte-americanos construíram o hospital Henry Ford, onde se tornou famoso o até hoje lembrado Dr. Gilleth. No mesmo ano, construíram a escola, também chamada de Henry Ford e que hoje se chama Valdemar Maués, onde, como sabes, eu tive o primeiro e único dia de aula em minha vida."

Mas o que restou desses milhares de seringueiras? Onde estão elas? Para onde foi a riqueza que elas geraram em uma década de permanência dos norte-americanos em Belterra? Eu fazia essas perguntas a mim mesmo, ali, naquela estrada perdida e deserta, sem ver a presença de alma vivente alguma a não ser a de meu pai, que, naquele instante, ao meu lado, devia também estar se fazendo muitas perguntas, igualmente sem respostas. E onde foram os milhares de pessoas que viveram em Belterra na época dos norte-americanos e para aí vieram sonhando com o progresso pessoal e a integração à vida de um país que sempre parecera distante e inalcançável para essa pobre gente que ainda hoje vive entocada no oco da selva ou nas margens e cabeceiras dos rios e igarapés da Amazônia? Eu olhava para as margens descampadas da estrada e, até onde a vista alcançava, não via ninguém, nenhuma alma vivente, nada, mas, para uma criatura como eu, capaz de entretecer longas conversas consigo mesma, era possível enxergar as sombras e vultos que deambulavam como que sonâmbulas sobre o milharal ou no cruzamento dos caminhos, como se ainda tivessem um destino a cumprir. Um desses vultos fitou-nos com olhos ao um tempo intensos e vítreos, que me fizeram pisar mais forte no acelerador.

— É a morte, filho, é a morte que vive neste lugar — sussurrou papai. — Nada aqui é real. As pessoas com quem conversamos não são pessoas, mas mesuras de gente animadas pelos espíritos maus que impedem o progresso desse lugar. Pior de todas são as que parecem boazinhas; estas são como o cachorrão que ri para o osso que em seguida irá morder. Mas a nem estas devemos temer, pois são irreais. Seus corpos foram plantados entre as fileiras de seringueiras, mas estas não existem mais, o seu leite mal retirado pelos maus seringueiros secou e as árvores morreram ou foram incendiadas de propósito pelos que aqui ficaram; expulsos pelas pragas que roíam a folhagem das árvores e pela sabotagem do próprio caboclo, que resistia à disciplina dos norte-americanos e não media esforços para emperrar a produção do leite da seringa, os gringos acabaram indo embora e lá na terra deles morreram, de velhos ou na guerra, mas seus filhos e os filhos dos seus filhos continuam plantando a desgraça pelo mundo. Vês como o sol está no céu enorme e amarelo? Sentes o seu calor opressivo. Vês como o mundo se aquece e parece ir se fechando dentro de nós? Será que não estamos dentro de um dia que jamais acontecerá? — perguntou-me papai com olhos imensamente tristes.

Só então, vendo o estranho sol em forma de avermelhada laranja, maior que o de costume, que declinava a três palmos sobre a linha do horizonte, lá onde as plantações de milho (ou seja lá o que fosse) pareciam findar, dei-me conta de que o dia já ia descambando para o seu fim e ainda precisávamos chegar à mítica Estrada Um.

E então, pressionando um pouco mais o acelerador e sem olhar para trás ou para os lados, esquecendo das poucas criaturas que até aí encontramos pelos caminhos, concentrei-me na esperança de que na Estrada Um tudo se modificaria, fora e dentro de nós.

DÉCIMO QUINTO EPISÓDIO

Finalmente, varamos na Estrada Um. O sol, grande laranja fosforescente, já declinava um pouco atenuado por trás das árvores e das casas de madeira que margeiam a estrada. Vínhamos tão excitados e a nossa expectativa de chegar à Estrada Um era tão intensa que, às 3 da tarde, nem dávamos conta de que não nos alimentáramos desde a manhã.

Enfim, depois de percorrermos as estradas ermas de Belterra, eu esperava encontrar um cenário diferente. Afinal, chegáramos à mítica "Estrada Um", onde ficava o centro de Belterra. Mas, o que vimos?

Diante de nossos olhos estendia-se uma avenida reta e longa, como todas as avenidas do mundo, mas, ao mesmo tempo, de todas diferenciadas. Já não era de terra, como todas as que avistáramos; entretanto, uma fina camada de poeira vermelha, que aderia ao solo, nos impedia de afirmar que fosse asfaltada.

Como boa parte das avenidas do mundo, a Estrada Um também tinha a sua praça arborizada. Mangueiras, seringueiras e outras espécies vegetais espalhavam-se nas margens e na grande praça central da cidade, à esquerda.

Tudo praticamente limpo, bem-cuidado, mas, igualmente a todas as estradas que até então percorrêramos, a Estrada Um apresentava-se completa e absurdamente deserta. E o mesmo se pode afirmar da praça.

Diante desse quadro, tomou conta de mim (e, certamente, de papai, que continuava silencioso ao meu lado) o mesmo sentimento que deve ter tomado conta do poeta Fernando Pessoa quando, através do heterônimo Alberto Caeiro, escreveu:

> "O que penso eu do mundo?
> Sei lá o que penso do mundo!
> Se eu adoecesse pensaria nisso.
> Que ideia tenho eu das coisas?
> Que opinião tenho sobre as causas e os efeitos?
> Que tenho eu meditado sobre Deus e a alma
> E sobre a criação do Mundo? [...]
> O mistério das cousas? Sei lá o que é mistério!
> O único mistério é haver quem pense no mistério."

Pois, de dentro do carro, só eu e meu pai no mundo, eu olhava para a paisagem desolada de Belterra, estranhamente organizada, como que alinhavada por mãos invisíveis, mãos divinas (ou satânicas?), onde tudo era e não era, parecia e não parecia, existindo ou não, fazia-se existir. Olhava e não via, ou melhor, as coisas que se apresentavam como reais pareciam mortas e, por detrás delas, outra vida — sentimental, imaterial, apenas sentida — fazia-se real.

"Há metafísica bastante em não pensar em nada", pensei.

E continuei pensando, como que repetindo palavras ouvidas antes do útero materno: "Metafísica? Que metafísica têm aquelas árvores? A de serem verdes e copadas e de terem ramos e a de dar fruto na sua hora, o que não nos faz pensar, a nós, que não sabemos dar por elas. Mas que melhor metafísica que a delas, que é a de não saber para que vivem, nem saber que o não sabem? Às favas a constituição íntima das coisas, o sentimento íntimo do universo. Tudo isto é falso, tudo isto não quer dizer nada. O único sentido íntimo das coisas é elas não terem sentido íntimo nenhum."

A Estrada Um inspirara-me tais pensamentos.

Quando escrevia estas páginas, já em São Paulo, cercado pela multidão que corre — sem ter consciência disso — para o mais absoluto nada, uma filha de Belterra extraviada em São Paulo, fez-me essa afirmativa em forma de pergunta: "Ninguém nunca pensou no que há para além das estradas da minha Belterra?"

E isso me conduziu, novamente, a Fernando Pessoa, o poeta do mundo:

> "O Tejo é mais belo do que o rio que corre pela minha aldeia, mas o Tejo não é mais belo que o rio que corre pela minha aldeia, porque o Tejo não é o rio que corre pela minha aldeia. O Tejo desce de Espanha e entra no mar em Portugal. Toda gente sabe disso, mas poucos sabem qual é o rio da minha aldeia e para onde ele vai e donde ele vem. E por isso, porque pertence a menos gente, é mais livre e maior o rio da minha aldeia."

A maioria das cidades do mundo são maiores e mais populosas do que Belterra, mas, para essa amiga, não são mais importantes do que Belterra. Para ela, Belterra não é uma cidade invisível nem desabitada; pertence a menos gente, como o rio de Fernando Pessoa, e, justamente por isso, Belterra é mais livre e maior do que todas as cidades do mundo. Pois uma "liberdade" que se medisse não seria LIBERDADE.

Essas reflexões, ou melhor, esses pensamentos gerados "fora de mim", ou no mais profundo do meu Ser, por isso mesmo fora do meu controle, deixaram-me ainda mais melancólico. Tinha agora, mais do que nunca, a dimensão da minha nulidade diante da grandeza das pequenas coisas. A tão pequenina e deserta Belterra era, certamente, a cidade mais viva e povoada do mundo, não importando que eu, em minha cegueira, não enxergue as pessoas e a vida que escorrem perenes como o rio da minha infância, o meu Maró, o rio mais fino, comprido e sinuoso do mundo, que arfa agonizante e provavelmente desaparecerá antes mesmo de ser desenhado nalgum mapa, mas será sempre o Rio, o meu rio, o rio "da minha aldeia", do meu mundo ameaçado de extinção pela esquizofrênica civilização globalizada.

Naquele momento, olhei para a Estrada Um e a praça desertas e compreendi que a verdadeira vida, que escorre como um rio sem começo nem fim, torna-se, em lugares como Belterra, invisível ao mero turista. O lugar se defende. O lugar não é um lugar. O lugar é uma música. E há uma música que soa na alma dos seres viventes e anima todas as coisas nesses lugares esquecidos. Uma música que o estranho, em seu passo apressado e na azáfama por coletar coisas, é incapaz de ouvir. Essa música é "o sentimento do mundo" (Carlos Drummond) ou o "mito" (Joseph Campbell). O mito é a música do mundo. Os lugares passam, os turistas passam, mas a música não morre jamais, apenas muda de timbre. Por isso que, nas terras arrasadas pelos tratores e motosserras das "frentes pioneiras" do capitalismo predatório, ainda se ouve a mesma música, mas agora na forma sinistra de um uivo ou réquiem lamurioso, que parte das gargantas famintas dos desalojados.

Então penso:

"Cadê o povo de Belterra? Escondeu-se dentro de sua própria história? Recolheu-se dentro de sua teogonia? Esse povo parece se recusar a aparecer. Cadê o povo de Belterra? Talvez tenha cansado de ouvir a voz humana, com a sua fúria, sua vilania, malícia, arrogância. A Estrada Um está deserta, ninguém sentado na praça, só um vulto ao longe numa bicicleta, mas, ainda assim, de costas para nós, não podemos ver seu rosto. Cadê o povo de Belterra, onde anda? A essa hora talvez rasteje pelas calçadas de Santarém, pedindo esmola ou emprego a preço vil. Cadê as crianças de Belterra, que já não brincam com bolinha de gude nem com sementes de seringueiras na frente das casas, como meu pai um dia brincou. As crianças de Belterra sonham com *tablets* e as mocinhas com celulares. E as mulheres de Belterra, que não circulam na praça da Estrada Um? Há uma igreja católica no centro da praça (ela ganha sempre os melhores lugares), mas ninguém entra nem sai pelas suas portas e nem se ouvem cânticos. O padre deve estar dormindo nalgum lugar. Mas, onde? O que será que as pessoas confessam ao padre em Belterra? Quais os pecados desse lugar? A Estrada Um parece um primor de limpeza, mas não se veem os garis. Quem recolhe todos os dias as folhas que se desprendem das árvores da praça?"

E concluo que não adianta perguntar, pois não há uma única pessoa visível para nos responder. Confesso que, naquela tarde, vendo a desolação que era Belterra, reconheci que tudo que lera e pensara sobre a Amazônia era insuficiente para explicar o que parecia ser o mais absoluto absurdo que o absurdo poderia produzir.

Para tudo que era canto que eu olhasse, deparava-me com o inexplicável. Coisa para se chorar e também para rir, como, por exemplo, o homem que, até que enfim, avistamos a uns cem metros depois. Um típico caboclo: forte, pele tostada pelo sol e olhos "de índio", espichados e oblíquos, camisa branca, calça preta, crachá preso sobre o bolso da camisa, em seu uniforme de "fiscal de transporte", como ele se apresentou quando, saindo do carro, dirigimo-nos até ele. Sisudo e taciturno, como que compenetrado de seu posto, olhou-nos friamente, com visível desconfiança. Como um toro de madeira postou-se. Nem mais uma palavra pronunciou, como se não ouvisse as minhas perguntas, mas se amoleceu prontamente quando lhe pedi que nos desse a honra de postar-se ao lado de meu pai para uma foto, esboçando até mesmo um longínquo sorriso, que não esquecerei jamais, pois me pareceu que naquele sorriso débil consubstanciou-se o último laivo de cordialidade que ainda pode existir entre a estirpe oprimida da Amazônia e a figura do alienígena, em qualquer de suas versões: viajante, pesquisador, missionário ou o mero turista. Depois da foto, o homem sentou-se e desconsiderou a nossa presença por completo, mas, em seu semblante soturno e na forma como se manteve sentado em seu posto, parecia manter a mesma expectativa com a qual o encontramos. Expectativa de quê? Naquele exato instante, quer na Estrada Um quer na praça ou em qualquer outro lugar para onde lançássemos o olhar, não avistávamos sequer uma alma vivente e nenhum veículo automotor ou semovente. E isso exatamente às 4 da tarde, hora em que todas as cidades do mundo se retorcem e agitam ao final de um trabalhoso dia.

A insólita presença do "fiscal de transporte" e a ausência completa de transeuntes e veículos automotores na famosa Estrada Um deixaram-me completamente intrigado, chegando, numa espécie de síncope mental, na qual a minha cabeça girou e como que despencou na incerteza dos momentos de fraqueza, a pensar que aquele dia todo não passara de uma miragem na minha já extensa vida de peregrino pelas estradas, caminhos e valados do destino. Mas, olhando para papai, que, ao meu lado, apesar do dia já longo e exaustivo, mantinha o semblante arejado e os olhos espertos, não tive mais dúvida de que toda aquela loucura era real, contudo, coisas ainda mais absurdas aconteceriam naquele dia que se ia findando.

DÉCIMO SEXTO EPISÓDIO

Antes de voltarmos para o carro, que nos esperava na beira da estrada, caminhamos rumo a uma casinha de madeira, carcomida pelo tempo e pelo desleixo da Administração Pública — igual, aliás, a todas as casas construídas pelos norte-americanos.

Em tudo transparecia o abandono: mato crescendo pelo alambrado que servia de cercado, e o que outrora já fora uma calçada não passava, agora, de um amontoado de cimento encoberto pelo terreno arenoso.

Todavia, apesar de seu lastimável estado, no prédio precário, conforme se podia ler na parede lateral, instalava-se a "Secretaria Municipal de Administração, Finanças e Planejamento da Prefeitura de Belterra".

Com efeito, a maçaroca de fio elétrico no alto do poste-padrão de energia, fincado ao lado do prédio, denunciava com que zelo os funcionários da companhia de energia trabalham em Belterra.

Por sua vez, a ponta danificada do velho e musguento telhado fazia o prédio da Secretaria Municipal parecer-se com um decrépito e infeliz papagaio que tivesse quebrado o bico, a denunciar o esmerado serviço do Setor de Obras e Conservação do Patrimônio do município de Belterra.

Outra coisa que logo me chamou a atenção foi a quantidade de logotipos e legendas pintados sobre as paredes do prédio. Além do brasão do município, podiamse ver os símbolos da FASE (Federação de Órgãos para Assistência Social e Educacional), da DED-Deutscher Entwicklungsdienst e até da União Europeia!!!

Tal mistura de nomes e entidades, como acontecia na minha juventude, quando em tudo que eu lia, via ou assistia procurava encontrar "o sentido oculto" das coisas, deixou-me intrigado. Mas procurei afastar as desconfianças — pois não podia esquecer que eu decidira nesse dia dedicar toda a minha atenção aos movimentos e emoções de meu pai. Todavia, o "pregador de verdades", que há um bom tempo eu julgara morto dentro de mim, voltou a falar.

Falou-me do sofrimento das classes que trabalham. (Não do das pessoas que sofrem, que é afinal quem sofre). Falou da injustiça de uns terem dinheiro e de outros terem fome, que não sei se é fome de comer ou se é fome da sobremesa alheia, fome de justiça ou fome de comer o que os corruptos e tiranos comem em seus banquetes palacianos. Falou de tudo quanto pudesse fazê-lo zangar-se. Disse que feliz deve ser quem pode pensar na infelicidade dos outros! E que estúpido se não sabe que a infelicidade dos outros é deles e que injustiça é como haver morte. Disse que ele nunca daria um passo para alterar aquilo a que chamam "a injustiça do mundo". Mil passos que ele desse para isso seriam só mil passos. Disse, ainda: "Aceito a injustiça como aceito uma pedra não ser redonda, e uma jaqueira não ter nascido pinheiro ou carvalho". E me propôs um enigma: "Corte uma laranja em duas, e as duas partes não podiam ficar iguais. Para qual foste injusto? Tu, que as vais comer a ambas?"

Tais pensamentos, porém, não me acalmaram. Eu não conseguia calar as perguntas que me vinham à mente: O que fazem os alemães em Belterra, deixando suas marcas num prédio público? Que parte poderá ter a defesa da cidadania com o descalabro da administração pública? E o que leva a União Europeia a pôr as suas impressões digitais num lugar esquecido como Belterra?

O "pregador de verdades", agora pela boca do meu papai, que me olhava de um modo esquisito, falou-me: "Meu filho, não te martirizas com as coisas confusas. Para ti tudo tem um sentido velado. Há uma coisa oculta em cada coisa que vês. O que vês, vê-lo sempre para veres outra coisa."

É verdade, pensei eu, sempre fui assim, mesmo agora. Mas, agora, graças a ter olhos para ver, vejo ausência de significação em todas as coisas. Vejo-o e gosto que seja assim, porque ser uma coisa é não significar nada. Ser uma coisa é não ser suscetível de interpretação.

"Filho", falou meu pai, "procurar a verdade é procurar Deus. Isso é loucura! Porque Deus quis que não o conhecêssemos; por isso se nos não mostrou. Sejamos simples e calmos, como os fios d'água e igarapés, como lagos e árvores. E Deus nos amará fazendo de nós belos como as árvores e os córregos, e dar-nos-á verdor na primavera e um rio aonde iremos quando acabarmos... E não nos dará mais nada, porque dar-nos mais seria tirar-nos mais."

Desisti, então, de procurar a "verdade". Deus estava muito longe para responder, e, aqui na Terra, parecia não haver ninguém a quem perguntar. O expediente daquele "prédio público", conforme dissera o taciturno "fiscal de transporte", terminara às 2 da tarde!

Voltamos então para o carro e deixei que este fosse deslizando lentamente pela Estrada Um rumo à sede da Prefeitura, a qual se situava no fim da dita estrada, onde assistiríamos a um episódio ao mesmo tempo digno de pena e hilário.

DÉCIMO SÉTIMO EPISÓDIO

Do combalido prédio da Secretaria Municipal de Administração, Finanças e Planejamento até a sede da Prefeitura, levamos mais ou menos cinco minutos, em marcha lenta, quase parando; os cinco minutos mais extensos que eu já vivi.

Como uma liga elástica e invisível, o tempo, jamais se rompendo, alongava-se e alongava-se até ao infinito. Um tempo sem medida nem espaço, interior, indelével e diáfano, que escorria de algum ponto perdido dentro de mim e, no mais profundo do meu ser, formava um lago de águas turvas onde peixinhos translúcidos trançavam-se a outros seres à toa, como quelônios e jacarés. Projetando-se para fora de mim, esse tempo sem tempo tornava-se a estrada por onde o nosso carro, ao final de um dia que parecia se desdobrar em mil dias, ia deslizando, cada vez mais lento e morrinhento, quase parando, como que adaptado ao ambiente imóvel e pachorrento de uma cidade diferente de todas as cidades do mundo. Uma cidade retalhada por mil estradas e caminhos, repleta de rastros, certamente habitada — a julgar pelo estado das calçadas e cercas das casinhas de madeira pelas quais passamos desde as 9 da manhã, nessa busca pertinaz e angustiada de meu pai pelo menino que ele fora em Belterra, nos dias já remotos dos anos 30 do século passado — mas completamente deserta.

De um lado e do outro da mítica Estrada Um, no "centro administrativo" de Belterra, eu via a paisagem tristonha e desoladora ir ficando para trás, num ritmo lento, de *slow motion*, cada detalhe riscando-me como lâmina a retina e penetrando-me os sentidos como finas agulhas, as quais, por instantes do tamanho da eternidade, provocavam como que um amortecimento da consciência e remetiam-me a episódios antigos da minha existência, como, por exemplo, uma viagem destrambelhada que eu fizera, cinco anos atrás, de carro, ao Uruguai. Eu ao volante. Pois, em regra, gosto de dirigir, mormente em longas distâncias. Boas ideias — nem sempre exequíveis, claro — já me ocorreram enquanto dirigia, e isso, para mim, é a parte mais apreciável das viagens. Daquela vez, porém, não conseguia apreciar a paisagem que ia ficando para trás e nem aproveitava os períodos de silêncio que costumam ocorrer nessas ocasiões dentro de um carro em movimento. Isto porque, o livro, que eu julgara terminado e publicado (refiro-me ao romance *A mulher, o homem e o cão*, lançado em 2009), continuava a escrever-se dentro de mim, com os mesmos solilóquios e monólogos interiores, gerando-me certa sensação de insegurança que se agravou ao entrarmos na estrada Pelotas-Chuí (BR 471).

São 259 quilômetros em linha reta, sobre os pampas do Rio Grande do Sul. De um lado e de outro da rodovia, apenas campos alagados, sem nenhuma habitação humana ou estabelecimento comercial. Uma avaria no carro ou falta de combustível, na estrada deserta e reta, até o infinito, nem pensar! A solidão daquelas paragens gerava, dentro e fora de mim, o silêncio mais absoluto, e uma expectativa indefinida punha-me em suspensão. Senti-me, novamente, afastado de tudo e de todos, como se tivesse regressado ao *centro do mundo*, esse não-lugar ao mesmo tempo de maravilhas e pavores, onde eu voltava a ser o menino que, enlevado pela paisagem, olhava para as margens alagadas do rio Amazonas, cheias de pássaros, peixes e quelônios, e ficava mudo, pois não havia ninguém a quem pudesse comunicar o meu assombro; ou o jovem que, anos mais tarde, já em São Paulo, encolhido num porão escuro e malcheiroso, junto com baratas, pulgas e ratazanas, se refugiava da violência que explodia lá fora, entre a "fauna" das ruas. Tristeza, desamparo, temor... Desejo de cair no sono e nunca mais acordar. Receio maior de encontrar dentro do sono o pesadelo que estava vivendo, pois os dias e as noites se confundiam e sequer podia sonhar com o que já passou; o passado não tinha serventia, não havia coisa alegre para lembrar.

Também agora, nas margens da autoestrada Pelotas-Chuí, para onde eu olhasse, até o infinito, via uma fauna muito real, mas absurdamente fantástica, composta por garças, ximangos (um tipo de falcão) e outros pássaros que eu jamais vira na vida ou em livros, de tamanhos e cores variegadas; lontras, jacarés do papo amarelo, flamingos que depois alguém disse vindos do Chile, maçaricos do Canadá... e capivaras, milhares de capivaras, em bando ou isoladas, em seu lento e prudente bubuiar, bobas, que se deixavam quase tocar com as mãos, tão lerdas e inocentes que, ao tentarem atravessar para o pântano situado do outro lado da rodovia, eram atropeladas às centenas, pelos carros que iam e vinham entre Pelotas e Chuí. Morriam e ficavam ali mesmo, inchadas e apodrecidas, para o repasto de corvos e gaviões.

Quatro horas nessa estrada absolutamente deserta e silenciosa, mas, dentro de mim, escutava todos os cantos e guinchos do mundo. Quatro horas nas quais não pensei nenhuma vez que estava indo para Buenos Aires. Quatro horas nas quais me vi várias vezes às portas da loucura, esse outro lado do mistério, de onde ninguém retorna.

Não tenho problemas com a loucura, mas, para mim, ela precisa ser controlada. Quando saí de Santarém do Pará, minha terra natal, em 1977, a fim de travar a batalha da vida, disse para mim mesmo que um dia voltaria para contar o que vi e ouvi aos que ficaram. Ali, na autoestrada Pelotas-Chuí, para suportar à voz enlouquecedora do silêncio, tive que pensar sem eufonizar o pensamento. Bombas de efeito retardado às vezes se escondem num pensamento. Nenhum membro da raça humana, sem discernir as vozes do silêncio, suportaria ouvir um desses pensamentos. E os seres humanos, tão inteligentes para as coisas materiais, iludidos com a sua "sabedoria" e autossuficiência, tornam-se, na maioria das vezes, néscios e obtusos quanto aos movimentos do Espírito. Apenas os seres do charco, os mínimos seres, desprezíveis aos olhos humanos, sabem discernir o silêncio que vai na alma do mundo. Só eles, que conhecem os segredos das águas turvas dos lagos e nada almejam a não ser a paz dos lugares ermos e inatingíveis ao homem, podem saber quem eu sou. Eles, em sua nulidade, e Deus, com quem se confundem. Não posso dizer que os "conheço", pois estou tão longe de anular-me a mim mesmo para que o Espírito cresça. Mas imagino quem sejam, na plenitude de sua insignificância. Pois conheço essas águas estagnadas, esses remansos da alma em que navegam suas minúsculas existências e onde um simples suspiro soa como um lancinante grito de dor e agonia, que fere as superfícies e provoca círculos sucessivos, concêntricos e infinitos. Ser amazônico que sou, parido pelas águas, conheço também os rios bravos, rios traiçoeiros, sei como eles andam, como crescem, a força que eles têm por dentro, por quais lugares passam suas veias. Os animais do charco e eu conhecemos muito bem a solidão dos lugares ermos e dos "rios profundos", sobre os quais escreveu o peruano José María Arguedas.

Ali, nos pampas gaúchos, aquelas vidas mínimas, desimportantes, à margem do tempo e da civilização, "apenasmente" fauna, mas revolucionariamente ativos em sua inocência. Ao olhar para eles, inteiramente largados em sua inconsciência, compreendi que eu havia escrito um livro sobre criaturas que se recolheram para dentro de si mesmas e daí jamais saíram. Outro livro, porém, precisava ser escrito, sobre como vivem e o que pensam os seres esquecidos. Um livro que fosse a metáfora de todas as solidões terrenas.

Mal sabia eu que esse livro, aparentemente impossível de ser escrito, mas que todo escritor almeja escrever, já existia dentro de mim e de meu pai e estava, desde as 9 da manhã, a escrever-se a si mesmo, naquele dia longo e tristonho, cheio de reminiscências, com a nostálgica e dolorosa caligrafia do "nunca mais".

Eu via a paisagem às margens da Estrada Um ir ficando para trás, e meus olhos doíam. "Quando é que despertarei de estar acordado?", veio-me esse verso de Pessoa.

— O que faremos agora, meu pai? — perguntei ao pequeno ancião que eu via ao meu lado, o qual, como que saindo de um arvoredo cheio de pássaros e flores, murmurou estas estranhas e aladas palavras, como que saídas de um livro de Fernando Pessoa:

— Não há que fazer nada na véspera de não partir nunca.

Pois papai, sem saber o conceito de poesia, foi, naquela tarde inesquecível, Poeta.

Então eu, lembrando e lamentando as infinitas horas em que deixei negligentemente a minha vida escorrer dentro da ampulheta dos sonhos, pensei: "Desde quando vivo a vida vegetativa dos pensamentos?"

Sossego, sim, sossego... Grande tranquilidade... depois de tantas viagens, físicas e psíquicas! Que prazer olhar para as margens de uma cidade ao mesmo tempo real e fantasmagórica como Belterra, e não enxergar nenhum movimento.

"Por que eu amo infinitamente o finito? Por que desejo impossivelmente o possível? Por que quero tudo, ou um pouco mais, se puder ser, ou até se não puder?", continuei pensando.

A voz frágil, quase um sussurro, de papai, quebrou o fio dos meus pensamentos. Disse ele, como que falando para si mesmo:

— O que há em mim é sobretudo cansaço. Não disso nem daquilo, nem sequer de tudo ou de nada. Mas cansaço assim mesmo, ele mesmo, cansaço. A sutileza das paixões sem sentido, as paixões violentas por coisa nenhuma, os amores intensos pelo que se supõe haja em alguém. Essas coisas todas e o que falta nelas eternamente. Tudo isso me traz um cansaço, este cansaço. Cansaço. E, antes de cair em novo silêncio, completou: — Dormita, alma, dormita!

Olhei para os olhos de papai e vi neles como que uma pelica de indiferença. Os momentos de euforia haviam cedido a uma serenidade raramente vista num ser humano, como se alguém tivesse ido ao céu e ao inferno e daí voltasse sem nenhuma paixão.

A paisagem morta das margens da Estrada Um já não nos tocava, pois sabíamos que, às 4 tarde, o sol já se inclinando para o seu esquife noturno, onde refaz suas forças para o dia seguinte, nos tornáramos seres invisíveis para os invisíveis seres de Belterra. Os mil olhos que nos espreitaram até então haviam se desinteressado de nossa esdrúxula presença e recolheram-se para os espaços sutis de suas existências. No dia seguinte, algumas velhas mascando fumo e algumas mulheres grávidas contariam seus sonhos e neles dois vultos não identificados mexiam os lábios de modo incompreensível e essa lembrança passaria para seus filhos e aos filhos de seus filhos e tornar-se-ia um mito, o mito de duas almas que vagavam nas lembranças das velhas flácidas e das mulheres grávidas e daí entrava na lembrança das crianças que não puderam nascer.

"Quando é que despertarei de estar acordado?", voltou-me esse pensamento, ao ver a desolação diante de meus olhos: uma casa construída na época dos norte-americanos, ampla, avarandada, habitada por gente que não existe mais e que, no entanto, não se foi de todo embora, em estado avançado de deterioração; o mato à porta de entrada e as tábuas quebradas destacaram-se do restante da edificação e doeram-me como uma ferida sem cascão; o absurdo é que, através das janelas, viamse peças de roupa estendidas dentro dos quartos, mas, a julgar pelo mato crescido em torno da casa e a ausência de vestígios externos, ninguém parecia ali habitar. Onde estavam os moradores daquela casa que saíam sem fechar as portas e as janelas e não deixavam marcas de pés ou sandálias em canto algum? Mais adiante, outra casa, também antiga e "vazia", em avançado estado de deterioração; e outra, e outra... E outra, encardida de poeira e cercada pelo capim e ervas daninhas, em cuja entrada podia-se ler: "União Belterrense de Estudantes". Mas onde os estudantes daquela "União"?

E assim fomos, eu e papai, deslizando pela Estrada Um deserta e já coberta pelo véu sombrio da noite que se aproximava. O meu dedo registrou esse momento apertando o obturador da digital como se tocasse numa chaga. Uma chaga ao mesmo tempo exposta e invisível: a chaga de uma sociedade que definha numa apatia endêmica, uma fraqueza provocada pelas ventosas de uma oligarquia tosca e parasitária, que, como sanguessuga, se alimenta do suor e do sangue das populações empobrecidas das vilas, pequenas e grandes cidades da Amazônia.

Tudo isso aconteceu dentro de cinco minutos, no reino da minha mente, pois não temos mais reino do que a nossa própria mente. O problema é: como ter controle sobre a mente; será possível governá-la até à fronteira onde mora a vontade? A minha mente, naquele dia, às 4 da tarde, depois de a vigília e o sonho se confundirem, estava cansada, extremamente cansada. E nesse estado, por mais que me esforçasse para manter-me lúcido, dormitava. A noite plúmbea, que já se derramava sobre e debaixo das árvores das margens da Estrada Um, havia se debruçado sobre a minha alma, mas o dia não havia acabado e eu precisava cumprir o meu fado, ao lado de papai, deixando-me levar por ele, atento aos seus movimentos e humores, num trabalho de filho amoroso e testemunha fiel.

E foi num misto de cansaço e sonolência, já ansiando pela minha cama de hotel, que fui despertado pela visão de uma casa verde e branca, de madeira, construída no inconfundível estilo que os norte-americanos criaram para as edificações de Belterra, na qual se podia ler: "Prefeitura Municipal de Belterra", e, como subtítulo, um pomposo *Palácio das Seringueiras*.

Mas que "Palácio" era esse que se nos apresentava completamente desguarnecido. Cadê os guardas e sentinelas? Onde os serviçais? Onde os súditos? Estacionados em frente à casa, quedamo-nos olhando para ela e indecisos ficamos sobre o que fazer. Ora, não podíamos vir até Belterra sem conhecer o tal "Palácio" por dentro.

Descemos do carro e fomos subindo a tosca rampa cimentada, de apenas três metros, mas logo tivemos que interromper os passos, diante da porta estreitinha, de no máximo 1 metro de largura, que estava fechada. Cheguei a pensar em voltar para o carro, mas, ao olhar através do vidro, enxerguei um ponto escuro, em formato de bola, sobre o assento de uma cadeira, atrás da porta do Palácio.

Compreendendo o que significava aquele pontinho negro, papai olhou para mim com expressão interrogativa e bateu com os nós dos dedos sobre o vidro da porta, uma, duas, três, quatro, cinco vezes... e nada de o ponto escuro se mexer.

— Está ferrado no sono! — exclamou papai, voltando a bater no vidro, agora mais forte, fazendo com que a mancha redonda se abrisse, num zás de mola, e, num piscar de olhos, transformou-se num baita caboclo moreno e espigado, de olhos espichados, o qual, como que sem saber se estava dormindo ou acordado, esforçava-se para ficar de pé, na empertigada postura de guarda do patrimônio municipal.

Perto do vidro, vimos-lhe a cara desconfiada, antes de abrir a porta e sair ao nosso encontro.

— O que querem os senhores? — indagou, cordialmente.

Tinha a voz mansa, o guarda, e, aparentemente, não usava outra arma além de sua avantajada figura, mais para cortador de juta nas margens do Amazonas do que sentinela do "Palácio das Seringueiras".

Apesar da estafa que se estampava no rosto de papai, este ainda teve ânimo para abrir um sorriso e falar:

— Será possível conhecermos as dependências do palácio e saudarmos o Rei e sua corte?

— A rainha! — corrigiu o senhor guarda. — A Prefeitura é comandada por uma mulher — completou.

— Podemos falar com ela? — insistiu papai.

— Infelizmente, não será possível. A prefeita viajou para a capital e o expediente da Prefeitura se encerrou às 14 horas.

Assim foi que tivemos de nos contentar em tirar fotos ao lado do grande e bonachão guarda municipal.

DÉCIMO OITAVO EPISÓDIO

Um ano e meio depois desse dia insólito, revendo as fotos que tiramos ao lado do desajeitado guarda do Palácio, sinto-o como se fosse hoje. Numa delas, "JP" — como o chamarei a fim de protegê-lo da provável retaliação de seus superiores hierárquicos, que não ficarão nada satisfeitos ao lerem as informações que o subordinado passou-me sobre eles — aparece todo garboso, sorridente, com os antebraços apoiados sobre o parapeito da estreita sacada frontal do Palácio. Olha como que para um ponto próximo, que se localiza, no entanto, numa região longínqua e inalcançável. Um sorriso amplo esboça-se em sua cara ancha, mais larga do que comprida, de caboclo; a alvura dos dentes faz um rasgo entre os lábios finos. Embora ele saiba que dificilmente nos veremos outra vez e que a sua imagem divertirá pessoas que jamais conhecerá e para as quais nada mais significará do que a figura estereotipada de mais um caboclo de tantas gerações de caboclos, JP, ainda assim, parece satisfeito e confiante. Ali, peça inútil e insignificante na imóvel rotina de uma cidade que foi criada mas não se deu conta de que passou a existir, JP olha para o futuro mas não parece sonhar com este; mira-o mas não crê que possa enxergá-lo como algo real, palpável. As fotos, nas quais aparece, são como o seu próprio destino: sombrias e sem perspectiva. Mas JP continuará sorrindo o seu sorriso de menino grande, sem cálculo nem esperanças, e assim entrará na eternidade, como a folha seca que cai na terra e nesta se desmancha, e ninguém senão Deus a contabiliza.

JP parece feliz naquele lugar, fora do tempo, noutro mundo. Em outra foto, meu pai pousa o olhar sobre ele como que o reconhecendo. Gosto dessa foto; acho que fui feliz ao apertar o obturador da câmera no exato momento em que papai lançava esse olhar para JP. Um olhar fixo mas vazio, vendo e não vendo. Olhar à toa, perdido, sem nexo ou sentido, na imensidão imensa, solitária solidão semelhante à de JP.

Sei o que acontece com papai quando olha assim para uma pessoa. Pessoa ou coisa, dá no mesmo. Quanta imagem de gente passou pelas suas retinas e foi-se para o fundo do abismo! Quantos passos na areia, quantos gemidos pelos caminhos, quantas palavras que ele gostaria de ter dito e não disse, e agora lhe atravancam a garganta! Onde estão os amigos de infância? A imagem de JP diante dele desperta muitas lembranças; a silhueta grandona e infantil de JP faz lembrar-se de alguém que há muito não sabe onde anda e agora parece se erguer diante dele. Meu pai mira JP e pergunta-lhe:

— Quem é teu pai?

JP pronuncia um nome que já nem lembro, mas vejo um brilho intenso nos olhos de papai. JP põe-se a contar a história de sua vida, sobre o pai que não conheceu e que se foi pelo mundo deixando atrás de si um rastro de esperma e de filhos.

— Dizem que meu pai era muito bonito e muito forte, jogador de futebol — disse JP. — As mulheres (bobas!) gamavam no seu jeitão e logo ficavam grávidas; foi assim que cheguei a este mundo; quando me dei por gente, o jogador tinha ido embora para a capital e de lá nunca voltou; ouvi dizer que já morreu; nem seu rosto conheci, pois, naquela época, não havia aqui jornal nem televisão e mamãe, para esquecer sua desdita, jogou fora a fotografia do meu pai, mas eu nem quero saber.

Papai ouviu as palavras do melancólico rapaz e não disse nada, mas, vendo o tom cinza-escuro que tisnou os olhos de papai, adivinhei o diálogo que ele travava com o passado, esse enigma visível do tempo, o nada vivo em que estamos:

"Ferreira, seu filho da puta, por que fizeste isso com o rapaz?", disse meu pai, em pensamento.

"Não me censures, primo, pois temos todos duas vidas: a verdadeira, que sonhamos na infância, e que continuamos sonhando, adultos num substrato de névoa; a falsa, que é a que vivemos em conveniência com outros, que é a prática, a útil, aquela em que acabam por nos meter num caixão", retrucou, de dentro de um túnel escuro e profundo, o primo de meu pai, conhecido como Ferreira, cujas façanhas, de tanto papai relembrar, eu sabia de cor.

Ferreira era filho de Ninita, tia de meu pai, a qual enviuvou muito jovem e por isso os quatro filhos, entre eles Ferreira, tiveram desde tenra idade que se virar sozinhos, de casa em casa, trabalhando em troca do prato de comida para os que faziam a caridade de explorar-lhes a mão de obra infantil, sobrando ao primo Ferreira, como único consolo, as horas em que, fugindo de seus senhores, jogava homéricas "peladas" com outros meninos, adquirindo logo a fama de "bom de bola e goleador", disputado pelos times do subúrbio de Belterra e até mesmo de Santarém, para onde todos os meninos sonhavam um dia ir ser jogador de futebol. Mas, antes de "correr mundo", Ferreira fez uma "carreira" meteórica (rápida no subir e no despencar) na Companhia dos norte-americanos que administravam Belterra.

Olhando para JP, cujo perfil lembrava o de Ferreira, papai certamente pensava no primo com quem jogou bola nos campinhos de terra de Belterra e que depois se perdeu pelos campos do mundo, deixando para trás seus vestígios gravados nos olhos turvos e amendoados e nos músculos bem-formados de inúmeros garotos com ele parecidos.

Onde andará o primo Ferreira? Certamente, a sua carreira de futebolista não decolou como um dia deve ter sonhado, pois, depois de ter jogado num time da capital do Estado, desapareceu no interior da Bahia, no humilde Fluminense de Feira de Santana, ao qual as pessoas de Belterra, querendo engrandecer o conterrâneo "famoso", propositadamente confundiam com o Fluminense do Rio de Janeiro. "Ah, quem escreverá a história do que poderia ter sido? O que há é só o mundo verdadeiro, não é nós, só o mundo. O que não há somos nós, a verdade é esta. Somos o que falhamos ser. Somos todos quem nos supusemos. A nossa realidade é o que não conseguimos nunca", tive esses pensamentos sombrios ao olhar para JP.

Olhando para papai, também imaginei o que ele sentia diante de JP. "Ah, meu filho, a minha tristeza dos barcos que passam no rio sob o céu cheio de sol, e as mãos desconhecidas que de lá acenam. Isso me traz o desejo de chorar absolutamente como uma criança. Ah, meu filho!"

Eu era capaz de ouvir o pensamento de meu pai naquele momento. Se o primo Ferreira tivesse aproveitado a oportunidade que se lhe apresentou em Belterra, sua vida teria sido outra e talvez JP não fosse hoje um simples porteiro de um "palácio" perdido nas brumas de um tempo sem tempo, sem rei nem súditos. Pois o primo Ferreira, ladino e formoso como era, atraiu a simpatia de Mr. Colleman, o diretor de Belterra, que o levou para morar em sua casa, junto de seus alvíssimos filhos e esposa, comprando-lhe roupas brancas e sapatos também brancos, como a prenunciar o futuro médico no qual secretamente desejava transformá-lo. Inicialmente, Ferreira servia como uma espécie de pajem de Mr. Colleman, acompanhando-o ao hospital da cidade ou onde quer que fosse, no *jeep* da Companhia, sentado na boleia, ao seu lado. Ao descerem do carro, imitando Mr. Colleman, Ferreira se protegia do sol escaldante do meio-dia com um pequeno sombreiro e um chapéu-coco (ambos brancos) que o gringo lhe dera, e isso, se por um lado granjeava a admiração do povo, trazia, por outro, a maledicência e a inveja dos meninos menos afortunados, que extravasavam o seu despeito durante as peladas aplicando-lhe ostensivas caneladas, com as quais, porém, o futuro "craque" teve a oportunidade de desenvolver precocemente aquela sua capacidade que se tornaria, segundo os que o viram jogar, uma de suas características mais fortes: a de enfrentar os mais brutos adversários sem jamais recuar, o que lhe valeria o apelido de "O Brocador".

Brocador nos campos de futebol e no ventre das mulheres, de todas as cores, idades e tamanhos. Lembro que papai me disse que, muitos anos atrás, no seu último encontro com o primo, este se gabava de já contabilizar 52 rebentos espalhados pelo mundo, concebidos nos lugares mais improváveis e inconcebíveis, como na cama de certa madame chique maltratada pelo marido ou nas capoeiras em torno dos vilarejos onde o nosso craque prestou seus serviços futebolísticos, ou no tronco de uma mangueira ou árvore doutra espécie, de noite ou de dia, no calor ou no frio, dentro ou fora d'água.

Mas foi justamente o seu instinto de brocador que o fez perder-se na vida e também em Belterra.

Seguindo o seu projeto de forjar em Ferreira um grande médico, Mr. Colleman, quando o pupilo chegou aos seus 17 anos, guindou-o ao posto de seu enfermeiro predileto. E tudo parecia correr muitíssimo bem, Ferreira já conhecendo os instrumentos cirúrgicos usados pelo seu protetor, o qual se dedicava a ensiná-lo com paternal zelo, entregando-lhe em minutos conhecimentos que um estudante receberia em anos de pertinaz esforço. Até que a fera que Mr. Colleman sonhara domar, a fera que Ferreira trazia dentro de si e que todos nós trazemos, a fera que tem fome de carne, fome de ar, de terra e de eternidade, a besta-fera que acorda quando menos esperamos e leva um homem à loucura (ou à felicidade?), estourou o seu guincho terrível e saiu das entranhas do aplicado enfermeiro Ferreira e entrou pelo ventre da respeitosa enfermeira Augusta (quarentona sem filhos, meio tantã, espécie de "irmã de caridade", sempre disposta a dar aos pacientes mais do que suas obrigações lhe exigiam, tornando-se, por isso, benquista por todos no hospital) e aí, em 8 constrangidos meses e num tépido e úmido berço, o rebento da fera germinou e cresceu, até que, não podendo mais se esconder, pôs a cabeça para fora e soltou um choro triste, de criança sem pai. Pois Ferreira, não querendo assumir a paternidade atestada pelo próprio Mr. Colleman, foi sumariamente demitido do hospital e expulso de Belterra, deixando para trás a infelicitada mãe com o recém-nascido, que bem poderia ser JP.

Tudo isso se passou, por incrível que pareça, em apenas alguns minutos, talvez uns 10, quando muito.

JP disse-nos que havia chegado às 14 horas e seria rendido por outro guarda às 3 da madrugada, quando então voltaria para casa para dormir. Mas, certamente, depois que saíssemos dali, retomaria o sono tranquilo, resfolegado, dos que vigiam o que não há para vigiar.

JP nascera em Belterra, no antigo hospital Henry Ford construído na década de 30 do século passado pelos norte-americanos; puxou-o para este mundo as "mãos santas" de Mr. Colleman, o qual, com o desmonte do projeto do plantio das seringueiras na Amazônia, voltou para a sua pátria, onde seu corpo, certamente, foi enterrado num daqueles túmulos com uma *matsevá* (pedra tumular), pois Mr. Colleman era judeu.

Mr. Colleman não existe mais, o hospital onde JP nasceu também não existe mais, foi incendiado no ano de 2006, e, em suas brasas, arderam as centenas de almas teimosas dos que ali morreram e não desistiram do lugar.

JP está ali, à nossa frente, mas existirá mesmo? Ou será apenas a lembrança de meu pai de um tempo que não volta mais? Lembro do seu olhar, que atravessa ainda a minha alma como um risco de fogo na noite. Lembro bem do seu olhar. Lembro, mais uma vez, de Fernando Pessoa:

> "O arcanjo isolado, escultura numa catedral, esfinge fugindo aos braços estendidos de Pã. Tudo isso tende para o mesmo centro, busca encontrar-se e fundir-se na minha alma."

Ao despedir-se de nós, JP tinha uma expressão infantil em seu rosto largo. Papai olhava para ele, e eu adivinhei o que papai sentia; li os seus pensamentos ao estender a mão para JP em despedida. Papai adora todas as coisas, esse é o segredo de sua longevidade. O seu coração é um albergue aberto toda a noite. Tem pela vida um interesse ávido, que busca compreendê-la sentindo-a muito. Ama tudo sem reservas, "sem freio puxado", como se diz hoje. Ele empresta humanidade a tudo; aos homens e às pedras, às almas e também às máquinas, como o leitor verá mais adiante. Papai pertence a tudo mas sobretudo a si próprio, e a sua ambição parece ser trazer o universo ao colo como uma criança a quem ama e beija. Com ele aprendi essa coisa louca de gostar mais dos movimentos e das sensações do que das coisas fixas e palpáveis, pois, na verdade, o mundo é uma grande feira e tudo são barracas e saltimbancos.

Agora, ao escrever essas coisas, estremeço, ao pensar que, como naquele fim tristonho de tarde, o sol, nesta exata hora, já descera ao seu ataúde por trás do que restara dos velhos seringais de Belterra e se afundara na imensidão azul do rio Tapajós, de onde, pela manhã, se levantará banhado de luz e de sonhos.

Mas a última cena dessa tarde que parecia nunca ter fim ainda estava para acontecer. O feixe de lembranças e sensações, que se foram juntando desde o começo de nossa peregrinação por Belterra, ainda iria se completar. Faltava algo. A noite se aproximava, mas sentíamos que ficaríamos o tempo que fosse preciso em Belterra, até que o feixe se completasse. Entramos no carro novamente e, como que atraídos por uma força estranha e irresistível, enveredamos por uma trilha que se internava por trás do prédio da Prefeitura, onde aconteceria o *gran finale* daquele inesquecível dia.

DÉCIMO NONO EPISÓDIO

Atrás da Prefeitura avistamos um pequeno bosque de velhas e retorcidas seringueiras. Parei o carro e papai logo abriu a porta e desceu. Continuei no assento e observei o meu velho caminhando devagar, por entre as árvores. Ao chegar ao meio do bosque parou, de um jeito e numa posição que, num instante, o enxerguei como se ele fosse uma daquelas árvores, como se já idoso tivesse se reintegrado ao grupo de suas irmãs, de quem se separara em criança.

Ali estava papai, de volta à sua "aldeia", depois de muitos anos, bem mais do que os 20 que Ulisses estivera fora da sua Ítaca. Ali estava papai, sobrevivente de uma guerra na qual foi lançado no exato instante em que veio ao mundo. Bem sabia eu o que ele sentia e os pensamentos que os sentimentos geravam em sua mente, àquela tardia hora do trabalhoso dia que atravessáramos.

"Filho, queria acabar entre estas seringueiras, ficar aqui fincado que nem pau seco com minhas cascas ressequidas, até as chuvas me desfazerem em estrume dessa grama que pisamos. Porque as amei na infância, com elas brinquei e conversei nas horas da minha alegria e da minha tristeza. Aqui, neste bosque, no tempo em que vida havia aqui, assisti à lenta volição dos crisântemos, a sua desfolhação. Psiu, almas que vejo em todos os lugares, almas penadas que não desistiram desse lugar! Psiu, almas irmãs! Não fujam de mim, pois logo me juntarei a vocês, almas queridas, almas amigas. Falem pouco, queridas! Falem devagar! Que eu não vos ouça, sobretudo com o pensamento. Pois dói ouvir o que estão a me dizer. O que quis? Eu não quis: tenho as mãos vazias. O que fiz longe de vocês? Eu não fiz: vejam o vazio que trago no peito. Nada fui e nada realizei de grande em outras plagas; volto tão pobre e vazio como parti; peço-vos que me aceitem mínimo e mísero como estou."

Num gesto amistoso, papai apoiou-se com o braço direito no caule de uma das seringueiras, e então percebi a ação nefasta do sol e de outros agressores sobre a sua pele, mãos e braços engelhados, mui parecidos com a casca da árvore cheia de cicatrizes provocadas pela imperícia dos "cortadores" (como eram chamados os homens encarregados do corte das seringueiras, nos dias já remotos em que os norte-americanos organizavam a extração da borracha em Belterra).

Do mesmo modo paradoxal, o clima de desolação que víramos em todos os lugares persistia ali. No gramado que se espalhava debaixo das árvores, notei apenas folhas recentes, a denunciar que alguém, naquele mesmo dia ou na véspera, passara o rastelo na grama. Mas cadê o jardineiro? Mesinhas de madeira, ainda que toscas, e bancos, ainda que improvisados, viam-se no centro do bosque. Mas onde anda quem as arrumou? Num galho de uma das altas seringueiras uma lâmpada, como um olho perscrutador, espécie de holofote, ficara acesa desde a noite anterior, por descuido de algum funcionário, ou porque se esperavam pessoas para alguma atividade que aconteceria na noite que se aproximava. Mas qual atividade seria se, às 17 horas, quando em todas as cidades do mundo há um fervilhar de gente que volta para casa após um dia estafante, aqui em Belterra nenhuma alma vivente se movimenta? Para todos os lados que olhasse só via desolação, a mais absoluta solidão. E esse quadro, que dentro daquele dia fantasmagórico até já parecia "normal", de repente assumiu contornos pavorosos.

Dentro de mim já veloz a noite e tudo se misturando, eis que à minha frente surge um cemitério. Com seus braços e pernas fininhos e engelhados, a pele ressequida se confundindo com a casca verde-cinza das árvores, papai já não é um homem e sim a alma insepulta de uma seringueira. Chegara, enfim, depois de girar em círculos num deserto, à vila da sua infância. Descera do comboio da vida com os passos de um viajor cansado. Olhou. Viu. Comparou. As mesmas estradas, as mesmas árvores, mas cadê as pessoas? Apenas o amarelo-escuro e a poeira nos olhos e na alma; janelas e portas abertas, por onde ninguém olhava ou passava; janelas e portas fechadas e mil olhos nos espreitando de todos os lugares; roupas brancas nos varais e limpas calçadas, para quem e para quê, se tudo é velho onde foi novo? Até a casa que pintaram de novo é mais velha porque pintaram de novo.

Saí do carro e andei pelo bosque com esses pensamentos. Por um instante que pode ter durado uma eternidade, fui e voltei aos lugares em que fui e que não fui. Todas as leituras e personagens que movimentam a minha lembrança desfilam diante do meu ser, e este, ao voltar para a luz dessa tarde que se vai findando, pergunta-me:

"E eu, o que sou agora?"

E outra voz que é a mesma, responde:

"Diante da paisagem, o que vês és tu."

Como um eco do que já ouvira em pensamento, ouço papai me dizer:

— Eu queria acabar entre essas seringueiras.

Num gesto patético e comovedor, vejo-o abraçar-se ao caule da velha seringueira, sua irmã, e assim ficar por um longo tempo; depois se afasta e toca com a ponta do dedo os nós da casca áspera.

— Olha só que maldade fizeram com ela!

E conta que os norte-americanos trouxeram dos Estados Unidos as sementes tratadas cientificamente dentro de uns copinhos e as metiam na terra de um viveiro e, quando alcançavam um palmo e meio de altura, o engenheiro esticava uma linha e os furadores plantavam as sementes em fileiras, três metros uma da outra, não se enxergando o fim, e ali as mudinhas, protegidas da praga pelo veneno que os examinadores bombeavam em redor dos pés, esperavam as chuvas do inverno, e assim cresciam rapidamente e, com uma faquinha em formato de foice, recebiam o enxerto das seringueiras nativas; os brotos eram apertados com cera e gaze, como se enrola um ferimento, na casca da seringueira plantada, evitando-se, assim, a infiltração de água, e, 45 dias depois, a gaze era retirada do broto que já despontava na casca da seringueira, tudo para dar longevidade e aumentar a produtividade da árvore, verdadeira ciência, não era qualquer um que cortava a seringueira, havendo cursos para cortadores. O primeiro corte só podia entrar um pouquinho na casca, pois, se o cortador afundasse o golpe, formava-se um nó e a seringueira se estragava. Duzentas seringueiras por dia era a tarefa de cada seringueiro; enquanto não cortasse tudo não podia ir embora; e a bica (vasilha de alumínio) tinha que ser fincada no ponto certo, sem nenhum erro, senão a seringueira ficava fora de extração até ser recuperada, mas, na azáfama de completar sua tarefa, o cortador acabava errando o corte. Não era despedido por isso, mas tinha que voltar para o curso; entretanto, se reincidisse no erro, o transferiam a outro tipo de serviço. O cortador também tinha que colher o leite às 11 horas. Depois de fincar a bica, vinha com um balde e uma cinta colhendo o leite, e, lá pelas 15, terminava o serviço. Tinha ainda que limpar a árvore da sobra do leite, o "sernambi", e, para evitar que o leite coalhasse, colocava uma solução e só então os baldes eram levados para a beira da estrada, onde os carros vinham buscar. Toda essa ciência, infelizmente, se perdeu depois que os norte-americanos abandonaram o projeto e voltaram à sua terra.

Papai fechou-se novamente num silêncio que dizia mais coisas do que mil palavras. E nesse silêncio fomos conversando:

"Na verdade, filho, nada está mudado por aqui, ou pelo menos não dou por isso. Há sessenta e cinco anos! O que eu era então? Ora, era outro. Sessenta e cinco anos inúteis (sei lá se o foram! Sei eu o que é útil ou inútil?). Sessenta e cinco anos perdidos (mas o que seria ganhá-los?)."

"Sim, pai. Eu também tento reconstruir a minha imaginação. Quem eu era e como era quando menino, há cinquenta anos, onde nasci. Não me lembro e não me posso lembrar. O outro que aqui viveu, se existisse hoje, talvez se lembrasse. Há tanta personagem de romance que conheço melhor por dentro do que esse 'eu-mesmo' que há cinquenta anos partiu."

"Sim, filho, o mistério do tempo. O não se saber nada. O termos todos nascido a bordo ou entre dois lugares."

"Símbolos, pai. Símbolos. Tudo são símbolos. Isto é a realidade."

"Sim, filho. A realidade sempre é mais ou menos do que nós queremos. Só nós somos sempre iguais a 'nós-próprios'. Vê de longe a vida, filho, nunca a interrogues. Ela nada pode dizer-te. A resposta está além dos deuses. Suave é viver simplesmente."

Ainda falei mais algumas frases, mas esse diálogo da alma foi interrompido porque papai, como quem enxerga um fantasma, exclamou, desta vez com a boca:

— Será possível que seja o mesmo?

E correu em direção a um velho trator que desde o começo estava lá, mas só agora avistamos nas bordas do bosque de seringueiras.

Eu já vi homens se emocionarem com tantas coisas: um animal de estimação, uma bela namorada, um filho esperado, um presente recebido, um tesouro encontrado, o pôr-do-sol, o canto dos pássaros, o céu estrelado ou a lua cheia nascendo do mar... Mas era a primeira vez que via um homem correr para uma máquina como quem corre para o braço da mulher amada ou ao lugar dos sonhos.

Como um menino, o homem de setenta e oito anos saltou sobre o enferrujado estribo do velho trator e logo estava sentado no que um dia fora uma boleia. Largo era o sorriso do "menino", seus olhinhos brilhavam.

Eis que, nesse exato momento, surgem como que do nada alguns meninos. Ao verem papai na boleia do trator, largam suas bicicletas e se juntam a ele, que agora brinca de dirigir o monstro e imita o seu ronco. Mas, de repente, do mesmo modo inesperado como apareceram, os meninos sumiram. Até hoje me pergunto se de fato existiram ou surgiram da minha imaginação, pois papai não se lembra de tê-los visto. E, assim, foi-se embora a breve alegria que eles trouxeram, com o seu chilrear de passarinhos. Ficaram, ali, já engolfados pelas sombras da noite, que como um manto de melancolia ia caindo sobre nossas lembranças, apenas dois meninos desamparados e tristes, dois "meninos antigos", um de 78 anos, e outro de 56, que se amavam imensamente, mas, separados por poderes e deveres, jamais puderam brincar como iguais um com o outro, e agora, no limiar da existência, ainda que timidamente, procuravam trilhar os inconsequentes caminhos desse jardim secreto, repleto de dédalos e mistérios, no qual quanto mais livres mais perdidos nos sentimos.

O dia caminha para o seu fim. Como todas as coisas naquele dia em Belterra, tudo naquele momento se mostra duvidoso. Mas, também, para que complicar inutilmente? Para que ficar pensando no que impensado existe? Ora, não nascem ervas sem razão dada? Para elas olhos, nas razões, são a alma. Como através de um rio as contemplamos. Os norte-americanos há sete décadas deixaram o lugar, mas é como se nunca tivessem saído; sua lembrança paira em tudo o que restou em Belterra, sendo lícito afirmar que Belterra é a sombra de um grandioso projeto que não deu certo, de um sonho que se transformou em pesadelo — o sonho de se implantar uma atividade econômica autossustentável, em moldes civilizados, no coração da Amazônia, e nada mais que isso.

Os brasileiros que substituíram os norte-americanos na administração de Belterra já morreram; gerações de nativos — caboclos e caboclas — passaram com seus pés e seus olhos por essas estradas, e em suas margens foram enterradas; alguns conseguiram sair do pesadelo viajando para outras terras, mas suas almas, finda a inglória jornada, retornaram para o lugar onde apesar de sofrerem foram felizes.

Depois da partida dos norte-americanos, Belterra cresceu e virou cidade, mas parece cada vez mais deserta e desabitada. É preciso amá-la muito, como o meu pai a ama, para não se decepcionar com ela. É preciso tê-la no coração para enxergá-la com os olhos da alma e perceber-lhe os movimentos ocultos, a paz daqueles olhos que nos espreitam através das paredes e das portas e janelas sempre fechadas (ou abertas, mas sempre vazias), ou das margens de suas estradas silenciosas mas movimentadas por seres que se revelam apenas àqueles que, como meu pai, se aproximam com bons propósitos.

Quando papai desceu do trator abandonado, o sol já não conseguia penetrar a densa ramagem das seringueiras. Ao aproximar-me, vi que no fundo de suas retinas havia também densas sombras. Em silêncio nos aproximamos. Não havia o que falar naquele momento, e nem precisava. Mas entendi perfeitamente o que papai estava me dizendo:

"Nada fica de nada, filho. Nada somos. Um pouco ao sol e ao ar nos atrasamos da irrespirável treva que nos pese da úmida terra imposta, cadáveres adiados que procriam. Vive sem horas, filho. Suave é viver só. Grande e nobre é sempre viver simplesmente. Domina ou cala. Não te percas dando aquilo que não tens. Basta-te o pouco que és. Pois somos nada. Nada."

Antes de entrarmos no carro e empreendermos o retorno a Santarém, meu pai, num gesto de despedida de um dia que lhe reacendeu velhas paixões e fez sangrar antigas feridas, reaproximou-se do cadáver de trator e, como se acariciasse o dorso de um animal ainda vivo, olhou para a máquina enferrujada, símbolo de malograda promessa de prosperidade (mais uma entre tantas que se apresentaram ao povo da Amazônia) e, amarga e copiosamente, chorou.

FIM

CRONOLOGIA BIOBIBLIOGRÁFICA

Nicodemos (Neves) Sena nasceu no município de Santarém, em 08.07.1958, e passou a infância entre índios e caboclos do Rio Maró, região de fronteira entre os estados do Pará e Amazonas (Amazônia brasileira), experiência que marcaria para sempre a sensibilidade do escritor identificado com a terra e os povos da Amazônia.

Em 1977, vem para São Paulo e aí se forma em jornalismo, pela Pontifícia Universidade Católica (PUC), e em direito, pela Universidade de São Paulo (USP).

Repórter e redator em órgãos da imprensa de São Paulo, retorna ao Pará, em 2000, assumindo o posto de diretor de redação de "A Província do Pará".

Faz a sua estreia literária em 1999, com o romance *A espera do nunca mais*, uma saga amazônica de 876 páginas.

No Pará, proclamou o historiador, folclorista e crítico Vicente Salles:

"Com *A espera do nunca mais*, pela primeira vez temos, na ficção, o caboclo como agente da história, o índio que se destribalizou, que vive entre dois universos que se opõem e se excluem." ("O caboclo como agente da história". *A PROVÍNCIA DO PARÁ*, Belém, PA, 15 mar. 2000)

No Rio de Janeiro, escreveu a poeta e crítica Olga Savary:

"É uma alegria quando nos deparamos com um livro como *A espera do nunca mais*, esta extraordinária saga amazônica, narrada com sedução, seriedade, poesia. Forma e estilo são impecáveis nessa estreia, que nem estreia parece, de tão madura. Uma lição de literatura e de brasilidade". ("Amazonense faz boa ficção com 'anos de chumbo' e choques entre culturas". *O GLOBO*, Caderno Prosa & Verso, Rio de Janeiro, RJ, 3 mar.2001)

Em São Paulo, escreveu o jornalista, professor e crítico Oscar D'Ambrosio:

"*A espera do nunca mais* desafia e devora o leitor desde o início. Feito *sucuriju*, abre sua bocarra e obriga a penetrar num universo denso. Não adianta resistir. Uma vez dentro da boca deste livro-serpente, o destino é conhecer os seus interstícios plenos de um fazer artístico solidamente urdido, elaborado com mãos de mestre." ("Uma extensa e densa aula de Amazônia". *JORNAL DA TARDE*, Caderno de Sábado, São Paulo, SP, 20 maio 2000)

Em 2000, *A espera do nunca mais* conquista o Prêmio Lima Barreto/Brasil 500 Anos, da União Brasileira de Escritores (UBE/Rio de Janeiro), ocasião em que conhece pessoalmente o escritor e crítico Antonio Olinto, da Academia Brasileira de Letras, que sobre *A espera do nunca mais* escreveu:

"Eis um romance que invade a literatura brasileira com a força de um fenômeno da natureza. Trata-se de uma saga amazônica chamada *A espera do nunca mais*. Seu autor, Nicodemos Sena, tem o domínio da narrativa de ação e o talento de criar gente. Seus personagens representam a Amazônia com sua largueza e sua mistura, caboclo e floresta unidos num ecossistema geográfico-humano que retrata a nossa mais desconhecidamente forte região em que o Brasil se firma e se revela. É romance que deve ser lido. Nele, realidade e lenda se juntam com naturalidade. As palavras formam um estilo ínsito à grandeza das paisagens que descreve." (*JORNAL DE LETRAS*, Rio de Janeiro, RJ, jan. 2001)

Em 2002, Nicodemos Sena aparece no *Dossier Amazônico* publicado na revista literária portuguesa "Construções Portuárias" (nº01), no qual foi incluído um trecho do inédito *A noite é dos pássaros*, ao lado de importantes escritores da Amazônia, entre os quais Haroldo Maranhão, Max Martins, João de Jesus Paes Loureiro, Vicente Franz Cecim, Age de Carvalho, Jorge Henrique Bastos, Antônio Moura, Paulo Plínio Abreu, Benedicto Monteiro, Rosângela Darwich e Benedito Nunes.

De 3 de abril a 31 de julho de 2003, *A noite é dos pássaros* é publicado em forma de folhetim, em dezoito episódios semanais, no jornal "O Estado do Tapajós" (Santarém do Pará) e na revista eletrônica portuguesa "TriploV". Ainda em 2003, *A noite é dos pássaros* é publicado em formato livro (Ed. Cejup). No mesmo ano, fragmento de *A noite é dos pássaros* é publicado nas revistas "Palavra em Mutação nº 02" e "Storm-Magazine", ambas de Portugal.

Ainda em 2003, *A noite é dos pássaros* conquista o prêmio Lúcio Cardoso, da Academia Mineira de Letras, e, em 2004, Menção Honrosa no prêmio José Lins do Rego, da União Brasileira de Escritores (UBE/Rio de Janeiro).

Nicodemos Sena é nome reconhecido dentro e fora da Amazônia, tornando-se verbete na "Enciclopédia de Literatura Brasileira", direção de Afrânio Coutinho e J. Galante de Sousa (edição conjunta da Global Editora, Fundação Biblioteca Nacional, DNL, Academia Brasileira de Letras, 2ª edição, 2001). Carlos Nejar, da Academia Brasileira de Letras, incluiu Nicodemos Sena em sua *História da Literatura Brasileira — da Carta de Caminha aos Contemporâneos*, entre os "grandes nomes na ficção surgidos no Brasil após a década de 1970" (Cap. 35, pág. 900, Fundação Biblioteca Nacional, RJ).

Nicodemos Sena é um dos 81 escritores analisados pela professora Nelly Novaes Coelho, titular de Literatura da Universidade de São Paulo (USP), no livro *Escritores brasileiros do século XX — um testamento crítico* (LetraSelvagem, SP, 2013).

Pelo estilo vigoroso e temática inspirada na vida das populações marginalizadas da Amazônia (indígenas e caboclos), Nicodemos Sena já foi comparado a grandes ficcionistas brasileiros, como Graciliano Ramos, João Ubaldo Ribeiro, Mário de Andrade e Érico Veríssimo, e a importantes ficcionistas latino-americanos, como o paraguaio Augusto Roa Bastos e o peruano José María Arguedas.

O terceiro romance de Nicodemos Sena, *A mulher, o homem e o cão* (2009), foi incluído entre as "78 DICAS" do Guia da FOLHA, suplemento cultural do jornal "Folha de São Paulo" (29.05.2009).

Tendo nascido na Amazônia, região "periférica" em relação aos centros nervosos do capitalismo globalizado (Estados Unidos da América, Europa e, em termos de Brasil, o Sul-Sudeste do país), conviveu desde cedo com as injustiças praticadas pelas oligarquias locais contra indígenas e caboclos, do que resultou um sentimento de revolta, inicialmente vago e finalmente insuportável, que o compeliu a lançar-se contra os "homens injustos" e o Deus que parecia não se compadecer do sofrimento dos pobres.

Na cosmopolita e conflagrada São Paulo, em seu primeiro emprego na indústria têxtil no bairro do Ipiranga, conheceu gente desenraizada e "fora do lugar" como ele, fugitiva da seca do Nordeste ou da polícia, mas disposta a trabalhar e perseguir os seus ideais. No cortiço onde se recolhia após o trabalho diário e a escola noturna, conheceu "seres da noite" semelhantes aos que, mais tarde, povoariam os seus romances. Seres que se movem nas sombras (na selva amazônica ou na "selva" de asfalto) e não deixam rastro; variada e difusa fauna humana de mamelucos, cafuzos e brancos pobres, que, premidos pela necessidade e circunstâncias, veem-se convertidos em ladrões, prostitutas e, entre estes, um ou outro operário que não desiste de sonhar com o "futuro".

Com tal bagagem existencial, filosófica e humana, extraída da Vida, e mais a vontade indomável de se elevar por meio do conhecimento e dos livros, Nicodemos Sena logrou entrar, em 1979, para o curso de jornalismo da Pontifícia Universidade Católica de São Paulo, onde, municiado pela literatura marxista-leninista, engaja-se no movimento estudantil e dos trabalhadores contra a miséria e a opressão impostas pelo grande capital em sua forma mais atroz (a ditadura militar implantada em 1964). Em 1981/1982, participa da campanha de criação do Partido dos Trabalhadores (PT). Em 1993, ao resolver levar a sério sua vocação de escritor, desliga-se do PT e passa a defender uma literatura "universal, sim, compreensível a todos os homens do mundo, mas que não renegue as marcas da cultura brasileira", como afirmou numa entrevista.

Como diretor da União Brasileira de Escritores (UBE/SP) participa, em 2011, da organização do Congresso Brasileiro de Escritores realizado em Ribeirão Preto (SP).

NOTÍCIAS E CRÍTICAS (TRECHOS) ACERCA DE NICODEMOS SENA

É uma alegria quando nos deparamos com um livro como *A espera do nunca mais*, esta extraordinária saga amazônica, narrada com sedução, seriedade, poesia. Forma e estilo são impecáveis nessa estreia, que nem estreia parece, de tão madura. Todo o livro, o primeiro do paraense de Santarém Nicodemos Sena, em suas 876 páginas, é uma exaltação à palavra, lavra que o autor utiliza como veículo para contar inúmeras histórias entrecruzadas dos seres amazônidas, habitantes genuínos dessa esplendorosa floresta, ícone nacional. (...) Bebe o autor na fonte de mistério das muitas águas amazônicas, porém escapando do regionalismo limitador. Não esquecendo, no entanto, o que dizia Leon Tolstoi: pinta tua aldeia e pintarás o mundo. E que o leitor não se engane: como nas lendas indígenas, a trama é linear apenas na aparência, uma vez que a sinuosidade dos rios e igarapés é volúpia pura. (...) *A espera do nunca mais*, de Nicodemos Sena, é uma lição de literatura e de brasilidade. (OLGA SAVARY. “Amazonense faz boa ficção com ‘anos de chumbo’ e choques entre culturas”. *O Globo*. Caderno Prosa & Verso. Rio de Janeiro, RJ, 3 mar. 2001)

***

A crítica local não economizou elogios e o vem considerando a maior revelação da literatura amazônica nos últimos anos. O entusiasmo se justifica. No intenso trabalho de escrever e aprimorar seu estilo, Sena conseguiu fugir dos estereótipos que cercam a Amazônia. Seu grande medo, como confessa em entrevistas, era cair no exotismo que geralmente devora aqueles que se aventuram a escrever sobre a região. O resultado final, no entanto, atinge plenamente a busca de um estilo próprio de se debruçar sobre os homens e os problemas amazônicos. (...) *A espera do nunca mais* desafia e devora o leitor desde o início. Feito sucuriju, abre sua bocarra e obriga a penetrar num universo denso. Não adianta resistir. Uma vez dentro da boca deste livro-serpente, o destino é conhecer os seus interstícios plenos de um fazer artístico solidamente urdido, elaborado com mãos de mestre. Mas o romance não é apenas uma declaração de amor à natureza ou ao homem do Amazonas. Questões sociais permeiam o livro com precisão, abrindo chagas na História nacional. Quem desejava conhecer o melhor da literatura sobre o Amazonas tinha que passar por A Selva, de Ferreira de Castro; Marajó, de Dalcídio Jurandir; Cabanos, Capital: Cabânia, de Sant'Ana Pereira, e Márcio Souza, com seu já clássico Imperador do Acre. Agora, para alegria de todos que amam a literatura nacional, A espera do nunca mais é uma nova parada obrigatória rumo ao conhecimento filosófico e existencial da Amazônia. (OSCAR D'AMBROSIO. "Uma extensa e densa aula de Amazônia". *Jornal da Tarde*. Caderno de Sábado. São Paulo, SP, 20 maio 2000)

***

Depois de Márcio Souza e Milton Hatoum, a Amazônia volta de novo ao cenário literário com um romancista seguro, que, a exemplo de seu livro de estreia, mostra que sabe como manter o suspense até o último parágrafo, fazendo o leitor viver a situação aflitiva de seu personagem, ao mesmo tempo em que o leva a conhecer o conflito étnico-cultural que se dá entre o europeu civilizado e o homem ainda no estado bruto da natureza. (...) Não faz Sena um retorno tardio ao indigenismo de José de Alencar, até porque a linguagem que usa nada tem do derramado estilo oitocentista do autor de *Iracema*, mas não há como deixar de compará-lo ao indigenismo hispano-americano do paraguaio Augusto Roa Bastos e, principalmente, do peruano José María Arguedas. Se em Arguedas o que se lê é um castelhano tomado pelas características do *quéchua*, em Sena é o português contemporâneo que ganha ritmo e vocabulário do idioma tupi. Como a poeta e escritora Olga Savary já percebera em seu livro de estreia, Sena domina a arte da narrativa, seduzindo o leitor com um estilo impecável, que faz da palavra um espetáculo, tal como a Amazônia com sua exuberante floresta. (ADELTO GONÇALVES. "A Amazônia resgatada". *O Primeiro de Janeiro*. Suplemento das Artes das Letras. Cidade do Porto/Portugal, 20 dez. 2004)

***

Por tais nuanças, que revelam o vigoroso estilo e intensidade do autor paraense, *A noite é dos pássaros* merece um lugar de destaque. É uma obra fascinante, na qual o escritor transpõe as barreiras impostas pela mediocridade e voa em todas as direções, sonhando, deixando-se levar pelas asas de seu rico imaginário, entregando-se aos espíritos que habitam a natureza, lá onde está a sabedoria, o medo lutando contra a valentia, a metáfora da vida e da morte. (DIRCE LORIMIER FERNANDES. "A saga de um naturalista devorado por canibais em ritmo de folhetim". *O Globo*. Caderno Prosa & Verso. Rio de Janeiro, RJ, 8 maio 2004)

***

A região Norte continua intocada em muitos pontos, mas o homem continua a abrir feridas na selva. Há muito espaço para conhecer essa realidade marcada de nuances e misticismo. Muitos têm tentado interpretar esse povo e sua região, como Márcio Souza, Dalcídio Jurandir, Thiago de Mello e Ferreira de Castro, que nos legaram obras antológicas sobre a região. Sem demérito para eles, creio que Nicodemos Sena ousou na força da linguagem e no desenrolar das tramas, com isso pretendeu (e alcançou sobejamente) formular um diálogo com a natureza desafiadora de uma região muito explorada (e agredida) pelo homem e pouco visitada pela literatura. (RO-

NALDO CAGIANO. "Um novo olhar sobre a Amazônia". Jornal *Opção*. Goiânia, 13 jul. 2003)

***

Nicodemos Sena excede, em abrangência de problemas, a todos seus antecessores — rompe os limites entre Realidade e Imaginário ou Fantasmagoria, e cria uma nova e insólita realidade amazônica. (...) O "leitor atento" é desafiado a encontrar uma ordem lógica entre os aconteceres, que se sucedem ininterruptamente numa linguagem densa, seivosa, que arrasta o leitor através dos aconteceres. Fiel à intenção de revelar a verdadeira natureza do fenômeno amazônico, o Autor criou um estilo labiríntico (como labiríntica é a Natureza livre na Amazônia), que é um constante desafio à decifração. (...) A trama se desenvolve, rompendo os limites entre Realidade e Imaginação ou Fantasmagoria, e revelando uma insólita/desconhecida realidade amazônica. A que foi engendrada a partir da histórica-mítica chegada do explorador Francisco de Orellana à foz do Amazonas, em 1542, e seu encontro com as terríveis "cunhãs apuiaras"(índias chamadas "amazonas"). Emprenhando uma delas, dá início à geração dos Bagata — longa linhagem de índios/caboclos que, através de sucessivas gerações, chegam aos nossos dias. E pela arte de Nicodemos Sena imortalizaram-se no romance *A espera do nunca mais*. (NELLY NOVAES COELHO. "A espera do nunca mais – uma saga amazônica". Livro *Escritores brasileiros do século XX – um testamento crítico*, cap. 67, págs. 765-773, Ed. LetraSelvagem, Taubaté, SP, 2013)

***

A noite é dos pássaros é muito mais que um romance calcado em documentos. É uma roldana mágica, envolvente, com vigor criativo notável na tessitura da vida dos nativos e suas heranças culturais, da floresta, seus animais e pássaros, onde o jovem português e sua amada Potira, que o salvou da morte no último momento, envolvem-se e nos envolvem também nesse mundo estranho e fascinante, real, emblemático e metafórico. Romance, e quase Canto, para ser lido, sentido, e dele não mais se esquecer. (CAIO PORFÍRIO CARNEIRO. "Universo metafórico". *Estado de Minas*. Caderno Pensar. Belo Horizonte, MG, 21 dez. 2003)

***

A espera do nunca mais divide-se em três partes, cada parte beirando as trezentas páginas. O todo alcança quase cem capítulos. Tudo isso espanta e amedronta o leitor menos avisado. Mas, pode-se garantir, uma vez iniciada a leitura, não se para mais. A leitura é um mergulho, eu já disse, e vai às raízes da gente brasileira, navega pelos meandros da vida nacional e está à tona em nossos dias que vivemos. Poucas obras vão tão longe, abrangem tanto, são tão completas. E tão romanescas e tão verdadeiras. Basicamente, o cenário é a Amazônia e a história acontece dos anos 50 aos anos 70 do século XX. Mas aí não se fixa. Avança, recua, desvia, penetra, divaga, reflete, espairece, imagina, reflexiona, demonstra, narra e traça um painel completo da Amazônia, desde seus primórdios até a atualidade e sua agonia. Não é um romance histórico, mas a História está presente; não é um romance geográfico, mas a Geografia está presente; não é um romance folclórico, mas o Folclore está presente; não é um romance mítico, mas o Mito está presente; não é um romance religioso, mas a Religião está presente; não é um romance psicológico, mas a Psicologia está presente; não é um romance sociológico, mas a Sociologia está presente; não é um romance político, mas a Política está presente; não é um romance econômico, mas a Economia está presente; não é um romance ideológico, mas a Ideologia está presente.

Sonho, fantasia e realidade perpassam a história de ponta a ponta. Os personagens são humanos e fortes, a gente acompanha as peripécias de cada um e quer ver o desfecho. Gedeão, Julião e Dora são emblemáticos, junto com Estefano, o protótipo do conquistador branco. Destacam-se estes, sem diminuir os outros, que são muitos. Estes, porém, conduzem o fio da narrativa, sempre tenso, até o desenlace. Cabe à Dora, em final traumático, manter a chama acesa e assegurar que o sonho continua: *Ela faria diferente; daria aos tapuios algo que ninguém ia poder tomar. Ensinaria as crianças tapuias a lerem e escreverem, (...), plantando, assim, na mente das crianças, a semente dos sonhos, para que elas, ao crescerem, não ficassem como seus pais: À ESPERA DO NUNCA MAIS.*

Este final lembrou-me o final de outro livro famoso, o *Cem anos de solidão*, de Gabriel García Márquez. Com um detalhe, uma gratificação mais forte: a seta apontando o caminho. Utopia?

Isso depende de nós.

As veredas do romance de Nicodemos Sena são muitas. Justamente por isso, por serem quase infindas as veredas, é que me surgiu com tanta insistência a lembrança da afirmação de Thomas Mann: *Hoje em dia, um romance precisa ser mais que um romance.*

O romance de Nicodemos Sena é bem mais que um romance: é a própria Amazônia. E é o Brasil e é o Mundo. (NELSON HOFFMANN. "Mais que um romance". Jornal *Poiésis*, nº 103, out. 2004. Petrópolis, RJ)

***

Nestes últimos tempos um novo e destemido expoente dessa literatura ambientada na selva e sujeita ao império das águas está se destacando em nossas letras pela forma inovadora com que vem construindo seus romances. Refiro-me a Nicodemos Sena, paraense radicado em São Paulo, cujo romance *A noite é dos pássaros*, acabo de ler fascinado. (...) Através dos olhos do personagem o romancista revela o mundo surpreendente da floresta, a vida indígena em suas minúcias, seus costumes e crenças, envoltas estas num rico emaranhado de mitos, símbolos, entidades, sortilégios, deuses e demônios. (...) Chama a atenção do leitor a gama de conhecimentos sobre a Amazônia e a cultura indígena que o autor domina, sem a qual seria impossível a construção deste romance. Começando pelo uso do tupi antigo, visando a melhor verossimilhança, que o levou a complexos e exaustivos estudos, o mergulho profundo no modo de vida indígena, a reconstituição segura de suas aldeias, organização social, econômica, religiosa e tudo o mais, de forma a desenhar um painel nítido da difícil existência dos primitivos brasileiros. Ficam gravadas a fundo na memória do leitor as cenas de canibalismo, descritas com extremo realismo, desde o tratamento preparatório dispensado à vítima até sua execução, com golpes de borduna, para ser devorado num festim macabro à luz de fogueiras e ao som de estranhos cânticos. No fundo, ressurgindo com intermitência na memória do personagem, a figura de outro estrangeiro que vivera aventura semelhante, relatada no primeiro livro publicado sobre o Brasil — Hans Staden. Com esse livro, o autor paraense conquista um espaço definitivo dentro da ficção brasileira. (ENÉAS ATHANÁZIO. "À sombra da floresta". Jornal *Página Três*. Balneário Camboriú, SC, 31 jul. 2004)

***

O autor, romancista Nicodemos Sena, é paraense mas reside em São Paulo, onde encontrou ambiente e meios para construir uma obra rara na literatura brasileira contemporânea. (...) Dentro dessa linha se desenrola o entrecho, que revela o aprofundado conhecimento do autor sobre a região, suas lendas, seus costumes. E, enfim, com sua língua, indígena, usada amplamente por Nicodemos Sena nos diálogos do desventurado lusitano com os selvagens, inclusive a doce Potira. A narração se desenvolve entre o prazer e o martírio, título aliás de um dos capítulos. Mas há também cenas e diálogos de amor, evidentemente em tupi, entre a cunhatã e o prisioneiro, a quem desagradava a conquista amorosa, que tinha sabor de um troféu. Não apreciava ser tido como um "cunhã-mucu manguitauêra", ou seja, um sedutor de mocinhas. *A noite é dos pássaros* é, assim, uma preciosa enciclopédia ilustrada, com direito a enredo, sobre a vida na Amazônia, em plena metade do século XVIII. É um livro que interessa pelo inusitado que propicia, pois à grande maioria dos leitores deste milênio há desconhecimento do que foi aquele pedaço do planeta há mais de dois séculos e meio. As informações adicionais e a bibliografia constituem subsídios valiosos a quem se interessar pelo tema. (...) O autor não faz apenas ficção. Reconstrói um período da vida brasileira, para o que se fundamentou em mais de uma centena de fontes, livros escritos preponderantemente no século XVIII. (...) Quem se importa pela história em si, não se arrependerá, certamente. (MANOEL HIGYNO DOS SANTOS. "Amazônia revisitada". *Hoje em Dia*. Belo Horizonte, MG, 18 jun. 2006)

***

Difícil lembrar de algum romance brasileiro, na atualidade, de literatura tão fragmentada, a conseguir amalgamar tantas qualidades: narrativa envolvente e bem construída, divertido, mas apresentando uma reflexão sobre a realidade, com personagens que transmitem tensão e sentimentos humanitários. Difícil imaginar, igualmente, que esse seja um romance de estreia, tal a maturidade de sua escrita, sua força imagética e poética, e, principalmente, por seu rigoroso estilo de linguagem. (...) O autor utiliza-se, estilisticamente, da lentidão advinda da própria geografia do lugar (a Amazônia, onde nasceu o escritor); seus personagens aparecem, desaparecem e se reencontram sem pressa, mostrando suas faces e casos, como se tudo e todos estivessem dentro de um grande labirinto de selvas ou navegando dentro de seus rios, na certeza de que, num dia qualquer de um lugar qualquer, voltarão a se rever. É sobre o outro, sobre a possibilidade de um futuro sonhado, enfim, sobre nossas humanidades, que o autor se debruça em seu belíssimo livro, onde a palavra é o veio principal.

Fugindo dos estereótipos, a Amazônia de Nicodemos é,

antes de mais nada, palco crítico da disputa de grandes interesses econômicos, tendo como mote os problemas da chegada do grande capital. O autor faz-nos adentrar, vivenciar e compreender as misérias e os problemas de suas gentes, recriando seus mitos, incluindo seus personagens dentro do contexto social e histórico, transformando um enredo regional e particular num roteiro universal. Mistura de realidade e ficção, *A espera do nunca mais* reflete sobre a história brasileira, mas não é politicamente 'engajado', é, sim, um romance lírico de suspense, que narra a agonia de uma região inteira quase a morrer. (...) Nicodemos Sena merece que seu nome seja revelado de imediato para todo o país como um dos grandes escritores brasileiros contemporâneos! (TANUSSI CARDOSO. "Engenho, arte e encantamento". *Rio Letras*, nº 23. Rio de Janeiro, RJ, 2004)

***

Nicodemos nos lança à leitura de uma face da Amazônia que é mitológica, sim, porém no sentido 'grego': o da palavra que busca a luz e, com isso, 'fura' a selvageria do obscuro. (...) Trata-se de um romance de verdade que recria a nossa região como gênero, aperfeiçoando-se incessantemente à medida em que a palavra, som e imagem, resgata o sonho, a magia, o *continuum* da lenda. Porque, aqui, o fundamental é a linguagem; e nela é que mora, vive e reside o tema, o lado, a face, que a forma oculta: o "conteúdo". Reivindico para esse estreante Nicodemos Sena o *status* do que chamamos, em crítica, o criador, o artista, gramatical e visualmente; na retomada dos direitos, que tem, de "revisitar" o fundo da floresta de onde humanamente se origina, em revisita ostensiva e nitidamente literária. Na atual geração de romancistas, sob o signo do Pará, é fascinante, e exata, revelação. (ACYR CASTRO. "A Amazônia enquanto estória". *A Província do Pará*. Belém, PA, 3 nov. 1999)

***

De fato, em sua excelente ficção, Nicodemos não poderia refletir a simbiose entre a realidade amazônica e o imaginário do nosso povo, conforme conseguiu, magistralmente, senão nesse extraordinário romance com 874 páginas, publicado recentemente (Ed. Cejup, 1999, Belém). Não sou "crítico" nem gosto de dar opinião sobre obras literárias de colegas escritores. Mas me vejo no dever de dizer que, além de um grande romance, Nicodemos Sena escreveu páginas que merecem ser consideradas clássicas na literatura amazônica. A comovente morte do búfalo rosilho, narrada na segunda parte do livro (págs. 448 a 466), merece estar entre as melhores páginas que já se escreveram sobre a vida do nosso povo.Assim como disseram sobre o meu livro *Verde Vagomundo*, digo agora para Nicodemos: — Quando os historiadores, os antropólogos e os sociólogos quiserem resgatar aspectos originais e fundamentais da cultura amazônica, terão que buscar nas páginas do romance *A espera do nunca mais*.(BENEDICTO MONTEIRO. "O romance da civilização fluvial". *O Estado do Tapajós*. Santarém, PA, 5 mar. 2002)

***

A espera do nunca mais é um belo e ao mesmo tempo assustador painel desse "continente" pouco conhecido, que é a Amazônia, de onde nos chegam, pela mídia, apenas fragmentos quase sempre distorcidos. Aí, porém, estão a Amazônia e seu povo, em toda a sua complexidade cultural, e o sonho de construir um mundo no qual a liberdade e a solidariedade não sejam apenas uma invenção, um desvario, uma eterna espera, uma "espera do nunca mais"... (EDIVALDO DE JESUS TEIXEIRA. "O Brasil descobre-se amazônico". *A Província do Pará*. Belém, PA, 20 jun. 1999)

***

Nicodemos Sena, que há pouco mais de ano sacudiu a crítica com um romance surpreendente, *A espera do nunca mais*, uma espécie de *Os Lusíadas* em prosa (876 páginas), enaltecendo o mundo amazônico em todo o seu fascínio, reaparece com *A noite é dos pássaros*, seu segundo romance, que vem confirmar a força interior desse novo ficcionista caboclo, inaugurando, assim, com original tessitura (inclusive linguística), a literatura paraense do século XXI. Lembrando Caramuru e sua Paraguaçu (às avessas) o texto — novamente voltado para a Amazônia e especialmente o Pará — revolve de maneira surpreendente a vida nativa da região guajarina nos primórdios do descobrimento e tem como tubo de ensaio os costumes indígenas da época, sobretudo o canibalismo, que ameaça, em suspense, no decorrer de toda a estória, a personagem central do romance: um jovem aventureiro português (aprisionado pelos tupinambás), que, mesmo protegido pelo amor da filha do tuxaua, por um triz, já nas últimas frases da trama, não teve a mesma sorte de seu ungido patrício, Dom Pero Fernandes Sardinha, primeiro bispo do Brasil, devorado pelos caetés na costa alagoana, por volta de 1556. De parabéns, portanto, o autor e o Pará. (ILDEFONSO GUIMARÃES. "Lusíadas caboclo". *O Liberal*. Belém, PA, 7 jun. 2002)

***

Gosto de frases. De palavras. Às vezes, de sílabas... Tudo, enfim, que caiba no microcosmo do poema. E me assusto — quem sabe, por inveja sadia — com os que atingem a vertigem da cachoeira, do oceano, das grandes forças universais. Assim me parece *A espera do nunca mais*. Apreciador de um quarteto de cordas, vi-me diante de um turbilhão sinfônico — e muito bem regido. (ANTONIO CARLOS SECCHIN, poeta, ensaísta, professor de Literatura na Universidade Federal do Rio de Janeiro-UFRJ e membro da Academia Brasileira de Letras, Rio de Janeiro, RJ, 5 fev. 2000)

***

A noite é dos pássaros é festa de invenção. Ou mais, reinvenção de um povo (os índios) marginalizado, com o fulgor de um José de Alencar em novo tempo, a carnavalização backtiniana, ao lado do senso de poesia de um novo território, que sai do 'túnel escuro e profundo' do ventre de tantas gerações e flui como um rio na pena sonora e grave, pungente e lírica de Nicodemos Sena — entre lendas e seres — o Brasil para muitos desconhecido e inóspito. (CARLOS NEJAR, poeta, ficcionista, ensaísta e membro da Academia Brasileira de Letras, Rio de Janeiro, 18 jan. 2004)

***

Eis um romance que invade a literatura brasileira com a força de um fenômeno da natureza. Trata-se de uma saga amazônica chamada *A espera do nunca mais*. Seu autor, Nicodemos Sena, tem o talento de criar gente. Seus personagens representam a Amazônia com sua largueza e sua mistura, caboclo e floresta unidos num ecossistema geográfico-humano que retrata a nossa mais desconhecidamente forte região em que o Brasil se firma e se revela. É romance que deve ser lido. Nele, realidade e lenda se juntam com naturalidade. As palavras formam um estilo ínsito à grandeza das paisagens que descreve. (ANTONIO OLINTO. "A Espera". *Jornal de Letras, nº 29*. Rio de Janeiro, RJ, jan. 2001)

***

Nicodemos Sena, em seu formidável romance da Amazônia, demonstra ter um senhor pulso de romancista. Conseguiu amalgamar numa escrita sedutora e envolvente milhentas vivências, experiências, informações, etc. É incrível a rede de fatores que o autor consegue reter na rede das palavras. (NELLY NOVAES COELHO. "Lançamentos no Brasil". *O Estado de S. Paulo*. Caderno 2. São Paulo, SP, 14 set. 2003)

***

Partindo do particular para abstrair uma realidade universal, Nicodemos Sena leva de um recanto solitário da floresta para o mundo a pureza, a complexidade e a beleza da cultura amazônica. Para tanto, apoia-se nos personagens que, com suas tristezas e alegrias, decepções e esperanças, têm como intenção emocionar o leitor de qualquer país. ("Leituras no Brasil". *O Estado de S. Paulo.* Caderno 2. São Paulo, SP, 2 jun. 2000)

***

O texto, tanto em *A espera do nunca mais*, de Nicodemos Sena, quanto no *Macunaíma*, de Mário de Andrade, é a realidade regional enquanto matéria viva transformada em ficção como coisa pulsante e como que 'arrancada' da própria alma cabocla. Não se trata de realismo puro e simples. Diria que é, em verdade, como se o contexto em si virasse texto: feito, aqui, sim, uma revelação, um descobrimento. (ACYR CASTRO. "Um refluir no tempo". *A Província do Pará.* Belém, PA, 23 jul. 2000)

***

Com *A espera do nunca mais*, pela primeira vez temos, na ficção, o caboclo como agente da história, o índio que se destribalizou, que vive entre dois universos que se opõem e se excluem. (VICENTE SALLES. *A Província do Pará.*Belém, PA, 15 mar. 2000)

***

Não se trata de simples estreia, da aparição de um iniciante. Quer pelo conteúdo, quer pela forma escorreita da narração, o autor conduz histórias da saga amazônica com a segurança de um escritor já experimentado. Ele não tem preconceito de escola literária, pois o romance *A espera do nunca mais* transita do realismo naturalista até o realismo mágico. Fica aqui apenas um registro de um livro que entra de chofre na estante do que há de bom na ficção brasileira. (ALUYSIO MENDONÇA SAMPAIO. "Estreia madura". *LB-Revistada Literatura Brasileira nº 18*, São Paulo, SP, abril 2000)

***

Na narrativa de Sena, a linguagem resiste aos conhecidos clichês regionalistas e desloca-se, com especial fluência e jorro imagético, para uma outra realidade fática, em que o discurso desvia-se da retórica limitadora — e muitas vezes pastichizadas — das prosas similares contemporâneas, para projetar um outro sentido, um outro modo de escrever sobre a vida e os costumes da região amazônica. (...) Muitos têm tentado interpretar esse povo e sua região, como Márcio Souza, Dalcídio Jurandir, Thiago de Mello e Ferreira de Castro, que nos legaram obras antológicas sobre a região. Sem demérito para eles, creio que Nicodemos Sena ousou na força da linguagem e no desenrolar das tramas, com isso pretendeu (e alcançou sobejamente) formular um diálogo com a natureza desafiadora de uma região muito explorada (e agredida) pelo homem e pouco visitada pela literatura. (RONALDO CAGIANO. "Um novo olhar sobre a Amazônia". Jornal *Opção*, Goiânia, GO, 13 jul. 2003)

***

Os heróis de *A espera do nunca mais* são personagens vivos, autênticos, que ainda habitam as barrancas dos rios amazônicos, as estradas líquidas dos igarapés e igapós, com seus costumes incivilizados. (...) Nicodemos Sena usa o lendário amazônico não como folclore, mas para completar o desenho e o registro do perfil psicológico do caboclo ribeirinho, das várzeas e dos campos do Marajó, sua perplexidade e descaminhos ao conviver com a cidade grande. (ALONSO ROCHA. "Romance de estreia surpreende". *A Província do Pará*. Belém, PA, 5 nov. 1999)

***

A espera do nunca mais maravilhará os amantes da literatura, pois se trata de obra visceral, na qual o autor, com rara felicidade, une o mistério e a grandiosidade do continente amazônico à selvagem exploração de homens miúdos em seus horizontes, mas gigantescos na luta feroz pela sobrevivência, na faina diária contra o infortúnio de vidas lançadas a esmo no coração da floresta, esquecidas pelo país oficial e esmagadas pela ganância de exploradores brutais. Tem-se nessa obra a visão do moderno e do arcaico que permeiam o mundo amazônico e que se encontram na própria matriz da brasilidade. Ao mesmo tempo real e alegórica, emergem da narrativa personagens típicas desse mundo, como Gedeão, Albino, Sabá, Silvestre Bagata, Veva, Primitiva, Estefano, Julião e tantas outras, construídas com o rigor dos grandes romancistas. De tessitura notável, o enredo romanesco é construído com a maestria dos escritores que já estreiam prontos para figurar entre aqueles ungidos pelo reconhecimento da crítica. (EDIVALDO DE JESUS TEIXEIRA. "Um romance que deleita e ensina". *Literatura — Revista do Escritor Brasileiro nº 24*. Fortaleza, CE, 2003)

***

A noite é dos pássaros é, assim, uma preciosa enciclopédia ilustrada, com direito a enredo, sobre a vida na Amazônia, em plena metade do século XVIII. É um livro que interessa pelo inusitado que propicia, pois à grande maioria dos leitores deste milênio há desconhecimento do que foi aquele pedaço do planeta há mais de dois séculos e meio. (MANOEL HYGINO DOS SANTOS. "Amazônia revisitada". *Hoje em Dia*. Belo Horizonte, MG, 18 jun. 2006)

***

A mulher, homem e o cão é uma vigorosa e rigorosa narrativa, que entrança-múltiplas-estórias-na-história e nos interpela com o seu modo secretamente polifônico (...). Nicodemos

Sena exibe um precioso domínio técnico-narrativo que é por si só um atestado irrecusável, mas junte-se a isto a limpidez da escrita, o veio poético na esteira do estranhamento e do maravilhoso de Guimarães Rosa, e, o que é mais difícil, sem sombra de epigonismos. (ANTÓNIO CABRITA. "Polpa, aroma e arte: o romance imaginal de Nicodemos Sena". Jornal *Opção*, Goiânia, GO, 21 ago. 2011)

***

A espera do nunca mais, romance de estreia de Nicodemos Sena, é um livro de alto nível literário, capaz e destinado a consagrar o autor como romancista. Questões sociais são tratadas com precisão, abrindo chagas na História nacional. (*LINGUAGEM VIVA*, maio 2000, São Paulo, SP)

***

Em *A espera do nunca mais* o homem comum perde a força heroica e ganha em autonomia afetiva. O Mito aparece e cede o seu lugar ao social. Tal romance épico surge como um tipo superior de romance que remete o leitor ao mito moderno. Canta-se ao leitor as lutas e feitos do povo amazônico diante do aparecimento do Capital com suas quase sempre maléficas consequências. *A espera do nunca mais* é uma verdadeira "*lusíada*" da Amazônia (ou melhor, amazoníada) com toda sua grandeza épica e romanesca, obra digna de ser lida, estudada e para figurar no cânone da literatura brasileira. (RODRIGO FELIX DA CRUZ. "Obra do escritor paraense Nicodemos Sena é exemplo de como a literatura de ficção pode reordenar e recriar a *realidade*". *O Nheçuano* nº 29. Roque Gonzalez, RS, mar. 2016)

***

Desde os primeiros parágrafos, a história tomou conta de mim. Quanto mais me adentrava na leitura, mais me sentia preso àquele universo que se impunha vigorosamente, com sua paisagem descrita com força, seus personagens muito bem delineados, fossem de boa ou má índole, fossem brancos, índios ou mestiços. A partir de certo ponto, percebi que estava lidando não com um simples romance, mas com uma verdadeira saga — como está no subtítulo —, uma espécie de epopeia, em prosa, um texto notável que sem favor poderia ser comparado a outras obras de igual naipe ou valor: *O continente*, de Érico Veríssimo, e, principalmente, o *Grande sertão: veredas*, de Guimarães Rosa. O autor consegue ressuscitar, digo, recriar uma Amazônia não só perfeitamente íntegra e literariamente válida, porém uma Amazônia viva e pulsante, uma região que, aqui no Sul, a gente conhece por ouvir dizer e, por isso mesmo, de fato não conhece, tem somente uma ideia frágil, muitas vezes incompleta e errônea a respeito. (...) Tenho para mim que *A espera do nunca mais* é um romance fundamental não só para o conhecimento da Amazônia mas para a literatura brasileira deste século e dos séculos vindouros. (FERNANDO PY. "Dois livros de Nicodemos Sena". *Tribuna de Petrópolis*. Petrópolis, RJ, 31 dez. 2016)

***

Tudo o que temos e nos individualiza veio da periferia, do morro, da mata, e da floresta amazônica. (...) O querer de *A espera do nunca mais* é surpreender quem somos, através da recuperação de nós mesmos pelos caminhos de nosso "civilizamento". Enunciá-lo é quase tê-lo a termo. O homem que sou é o homem que fui. Se existe pergunta próxima e correlata a "quem sou?" essa será "quem fui?". Refazendo o caminho nos colocamos em nossos devidos lugares e iluminamos o presente. Com *A espera do nunca mais*, Nicodemos Sena recusa-se a deixar esses mananciais de história, saber, ciência e cultura, adormecerem mais do que já estão, revelando-os, igualmente como o fazem Érico e Ubaldo. O surgimento de Nicodemos Sena no cenário literário brasileiro é um notável acontecimento, o qual, todavia, não me surpreende, pois a majestosa e misteriosa Amazônia costuma, nos momentos em que estamos mais necessitados, presentear-nos com belos e saborosos frutos. Nas páginas de *A espera do nunca mais* (Editora Cejup) o leitor de todo o Brasil terá a oportunidade de saber mais sobre si mesmo. (LEANDRO ESTEVES. "Mais um saboroso fruto da Amazônia". *LB - Revista de Literatura Brasileira*, nº 18, abril 2000, São Paulo, SP, e *A Província do Pará*, Belém, PA, 4 maio 2000)

***

Esse novo romance (*A mulher, o homem e o cão*) do escritor paraense, radicado em São Paulo, se insere na chamada literatura nortista ou amazônica, ainda que isso aconteça em termos. Ambientado na selva, de características amazônicas, embora não mencione qualquer lugar específico, é um texto surreal, de realismo mágico ou fantástico, que descreve um mundo em que tudo é possível e realidade e ficção se laçam e entrelaçam no mesmo plano dos acontecimentos. (...) Sendo amazônico, é regional, embora seguindo por caminhos próprios, sem pisar nos rastros de outros autores da região, como Inglês de Souza ou Dalcídio Jurandir, por exemplo. (...) É, enfim, uma leitura que fascina o leitor e exige dele boa dose de imaginação. (ENÉAS ATHANÁZIO. "Mundo fantástico". Jornal *Página 3*. Balneário Camboriú, SC, 5 dez. 2009)

***

O mundo amazônico, com sua profusão de mitos e encantos, sempre foi algo muito pouco explorado em nossa literatura. Nos últimos anos, graças a nomes do porte de um Nicodemos Sena, essa "verdade" tem ido por água abaixo. Graças a Deus. (...) Em cada sentença, a magia de um poeta prosador, daqueles que nos cativam com a fluência da trama, com o fulgor do enredo, e com as singulares construções melódicas. Enfim, defrontei-me com uma narrativa mítica como há tempo não lia. O limite entre o real e o imaginado é vencido, seguidas vezes, sem, contudo, nos vermos frente ao "inacreditável fantástico". (...) Intencionalmente mitificador, Sena impregna o seu contar com o sumo da forma insidiosamente majestosa, esparrama seu verbo na copa das páginas e torna-nos cativos de um estilo fascinante, e ímpar. (...) Enfim, o que se nos apresentava regional sublima e alça voo à cata do permanente, do universal. Como todo grande mestre, Sena não palmilha veredas triviais, sabe ele que o cerne do drama humano pode até se apresentar nas coisas comuns, permeadas de folclore, de crendices, medos e tipos, mas que no caroço desse fruto, na gema desse ovo é que resiste o duradouro, vestindo-se, e fingindo-se de simples, quando na maior parte das vezes é rígido, e quase indecifrável. (...) *A mulher, o homem e o cão* é a sublime espécie do romance amazônico contemporâneo: mítico, selvagem e belo, terrivelmente belo. (CLAUDER ARCANJO. "*A mulher, o homem e o cão*, de Nicodemos Sena".Revista Papangu nº 64. Rio Grande do Norte, set. 2009)

***

A busca do arquétipo parece ser o grande anseio da criação literária. Como Machado de Assis em relação ao Rio de Janeiro, ou Graciliano Ramos em relação ao sertão das Alagoas, Nicodemos Sena ambienta suas histórias no "local" onde nasceu e cresceu, a selva amazônica, mas a esta transcende, e atinge o arquétipo e o mito em um romance universal, que trata dos problemas existenciais enfrentados pelo homem de qualquer tempo ou cultura. É o que acontece, por exemplo, quando "pinta" uma cabeça de víbora com aspecto de um rosto humano, ou quando nos faz enxergar, nos olhos da cobra, os atributos típicos do homem, como a falsa inocência, a hipócrita humildade, a beatífica mentira, a fingida amizade, a afetada sapiência, a forçada bonomia, a dissimulada vaidade, a camuflada inveja, e a vingança que se oculta no cálice do ódio (pág.129). O mito, entretanto, em *A mulher, o homem e o cão*, apresenta-se sem a roupagem das descrições de nomes, lugares e moral do romance realista tradicional. Nicodemos Sena trabalha o "eu" Bakhitiniano incompleto e dividido, que está numa eterna busca de "completude inconclusa", em busca de si mesmo. É a Esfinge de Édipo a dizer o "conhece-te a ti mesmo" de Sócrates e Platão. Nicodemos Sena escreveu um livro-parábola, obra genial, criativa e portadora de grande bagagem cultural, que merece ser apreciada e estudada. Um romance que nasceu voltado para o leitor filósofo, atento e perspicaz, contudo pode passar despercebido para o leitor distraído. Minha opinião sobre esta obra resume-se nesta frase: Um Show de cultura! (RODRIGO FELIX DA CRUZ. "Decifra-me ou te devoro". Jornal *O Trem*, Itabira, MG, out. 2009)

***

Em *A mulher, o homem e o cão*, o autor alcança o mais mágico e misterioso que existiria mesmo no âmago da saga da região em que nasceu. De uma hora para outra, o leitor se deixa envolver, enfeitiçar, pelo mistério da floresta e dos seres fabulosos que a habitam. (...) O universo de Nicodemos Sena supera e ofusca o que de mais impressionante no campo da saga já se publicou no Brasil. (MANOEL HYGINO DOS SANTOS. "Em plena selva". *Hoje em Dia*. Belo Horizonte, MG, 19 mar. 2011)

***

Nicodemos Sena, escritor cônscio do que cria, tece com sobriedade e eficácia notáveis os caminhos de uma literatura que surge com a força elementar da lua nova; uma literatura que tece uma teia de mitos e fabulações carismáticas, expandindo-se em enigmas, incrustados em *A mulher, o homem e o cão*, seu último romance. (...) Expoente de uma tradição que se requinta num estilo que prende e cativa o leitor desde o primeiro parágrafo da sua neoprosopopeia amazônica, Nicodemos Sena nos faz mergulhar na fluidez de um estilo de grande oralidade que o inscreve no universo misterioso dos *confabulatori nocturni*. Sua narrativa, estribada em sólida cultura, pressupõe técnica, ou seja, domínio da linguagem e pesquisa. Romance já descrito por Christina Ramalho como um caleidoscópio, *A mulher, o homem e o cão* celebra, assim, o enigma da vida e do mito que é tudo, como diria Fernando Pessoa, em seu apoderamento do mundo. Ao peso do sonho e da insônia, a alma do homem vem à tona nesses escritos de Nicodemos Sena e nos arrasta às profundezas submersas das fabulações remanescentes de um tempo ainda imerso em brumas mitológicas. (FRANKLIN JORGE. "O fabulista Nicodemos Sena". *O Santo Ofício*, 28 jul. 2011)

***

Nicodemos Sena possui não só a habilidade de contar uma história, mas também é mestre em criar atmosferas de encanto e mistério. Apesar da dificuldade de leitura: o livro deve ser lido com muita atenção e cuidado para que bem se possa assimilar todos os fenômenos e mistérios encadeados — apesar disso, a obra arrasta e subjuga o leitor, que vai acompanhando todas as peripécias do texto. (FERNANDO PY. "A mulher, o homem e o cão". *Tribuna de Petrópolis*. Petrópolis, RJ. 18 mar. 2016)

***

Narrativizar a história de uma nação, de um povo, requer a construção de uma temporalidade do passado. E Nicodemos Sena reconstrói esta tessitura, esta narrativa, mesclando personagens históricos com fictícios, dando voz a sujeitos subjugados ao narrar a história de seus povos, de seus mitos. Podemos afirmar que a narrativa *A espera do nunca mais* recria uma Amazônia histórica e fictícia, mesclando poesia e prosa, recuperando interpretações sobre uma Amazônia local e global. Em suma, cabe ponderar que a obra requer um olhar mais profundo sobre este elemento literário, dado que ficção e história se entrelaçam na tessitura da narrativa nicodemiana.

Repleta de poesia, encantos e mistérios, mas também de escravidão, violência, subjugação, injustiças e justiças questionáveis, o livro historiografa um tipo de moldura referente a indivíduos amazônicos, fazendo uma viagem dentro da Amazônia, em um resgate de passados silenciados, não contados, mutilados por narrativas estrangeiras. Trata-se de uma narrativa que precisaria ser lida por quem já conhece e pelos que ainda não conhecem a Amazônia. Ver e ler a Amazônia pelos olhos dos estrangeiros é um fazer necessário, pois nos acomete de questionamentos, dúvidas, verdades e invenções. Ver a Amazônia pelos olhos de um amazônida é urgente, pois ali temos outra Amazônia, singular, que nos abre os olhos para coletividades operantes dos locais e do colonizador a um só tempo, em um necessário recorte sobre a representação amazônica. Nessa perspectiva, Nicodemos Sena nos convida a conhecer e percorrer uma Amazônia com várias esferas históricas e fictícias, nuances de uma região vivida e escrita, em uma narrativa que desnuda teias de acontecimentos, apreendendo além da efemeridade. Se há um livro, hoje, que possa nos apresentar a Amazônia da década de 1950 é *A espera do nunca mais: uma saga amazônica*. (IZA REIS GOMES ORTIZ e GABRIEL ARCANJO SANTOS DE ALBUQUERQUE. "Nicodemos Sena: um intérprete da Amazônia". Livro *Fronteiras de saberes*, orgs. Renan Albuquerque, Michel Justamand, Camilo Sanchez e Josenildo Souza, págs. 107-128, Editora da Universidade Federal do Amazonas, 2016)

***

A espera do nunca mais é uma aventura estilística do maior alcance, experiência humana e de criação que acontece de raro em raro. Poucos livros escritos por narradores brasileiros, e mesmo no mundo, como um todo, têm essa riqueza estilística e de invenção. De verdade um livro raro, aquilo que Tolstoi sempre proclamou: canta tua aldeia e cantarás o mundo. Nicodemos Sena exemplarmente consegue esse prodígio: com poesia e humanismo parte do particular para atingir o universal. (OLGA SAVARY. Livro *Poesia do Grão Pará*, págs. 486-490, Graphia Editorial, Rio de Janeiro, RJ, 2001)

***

A mulher, o homem e o cão desperta nas leitoras e nos leitores a urgência do diálogo com a metáfora e suas estruturas de conotação, desconstruindo, no espaço plurissignificativo da selva, com destaque para o rio, os limites do tempo e do espaço. (...) Nicodemos Sena apresenta, desta vez, uma novidade: a floresta invade o mundo, desprendendo-se da fonte sem deixar de retornar a ela. No jogo simbólico das palavras, tal como o sertão se fez mundo através da inventividade de Guimarães Rosa, a floresta alcançou ser o que o autor afirma de sua própria criação: "A selva, onde vivem as personagens (e onde eu nasci), é, neste livro, apenas a metáfora de todas as solidões terrenas". Ao final do romance, uma quadratura, que aqui, por razões óbvias, não discriminarei. O mais instigante movimento do caleidoscópio reside ali. Na conformidade da cena que enquadra o real, reinaugurando a selva, sempre haverá o insondável, o não definitivo, o vir a ser, que está em nós e além de nós. Basta ouvirmos as narrativas do mundo. (CHRISTINA RAMALHO, "Um jogo de triângulos". Prefácio à 1ª edição de *A mulher, o homem e o cão*, LetraSelvagem, Taubaté, SP, 2009)

***

RESENHAS, ENTREVISTAS, NOTAS E COMENTÁRIOS

"Academia divulga nome dos vencedores". *Diário da Tarde*. Belo Horizonte, MG, 19 nov. 2003.

"A crítica reconhece o talento de Nicodemos Sena". *Via Vale*. São José dos Campos, SP, 7 nov. 2009.

ADAL, Rosani Abou. "Manjar dos deuses italianos". *Linguagem Viva*. São Paulo, SP, out. 2003.

"Amazônia é cenário de romance". *O Diário*. Caderno A. Mogi das Cruzes, SP, 7 nov. 2003.

"A saga do caboclo amazônida em livro". Jornal *Amazônia*. Belém, PA, 15 nov. 2000.

ATHANÁZIO, Enéas. "À sombra da floresta". Jornal *Página Três*. Balneário Camboriú, SC, 31 jul. 2004.

____ "Mundo Fantástico". Jornal *Página Três*. Literatura. Balneário Camboriú, SC, 5 dez. 2009.

"A espera do nunca mais". *O Estado de São Paulo*. Caderno 2. Nota na seção Leituras no Brasil. São Paulo, SP, 4 jun. 2000.

ARCANJO, Clauder. "A mulher, o homem e o cão, de Nicodemos Sena". *Papangu*. Mossoró. Revista do Rio Grande do Norte, nº 61, 2009.

BAJO, Beatriz. "Impressões sobre A Mulher, o Homem e o Cão" *Linguagem Viva*, nº 238. São Paulo, SP, junho 2009.

BARREIROS, Luiz Lima. "Escritores amazônidas". *Diário do Pará*. Belém, PA, 3 nov. 1999.

BOECHAT, Ricardo. "Nicodemos Sena recebe sexta-feira, no Rio, o prêmio Lima Barreto/Brasil 500 Anos, da UBE". *O Globo*. Coluna do Boechat. Rio de Janeiro, RJ, 28 nov. 2000.

CABRITA, António. "Polpa, aroma e arte — uma novela imaginal". Jornal *Opção*. Goiânia, GO, 21 ago. 2011.

CAGIANO, Ronaldo. "Um novo olhar sobre a Amazônia". Jornal *Opção*. Goiânia, GO, 13 jul. 2003.

____ "Viagem aos ermos do Brasil". Caderno Brasília. Opinião. Brasília, DF, 20 fev. 2005.

CARDOSO, Tanussi. "Engenho, arte e encantamento". *Rio Letras* nº 23. Rio de Janeiro, RJ, 2004.

CARNEIRO, Caio Porfírio. "Universo Metafórico". *Estado de Minas*. Caderno Pensar. Belo Horizonte, MG, 20 dez. 2003.

____ "Romance conta a vida dos tupinambás". *O Escritor* nº 105. São Paulo, SP, out. 2003.

CASTRO, Acyr. "Amazônia enquanto estória". *O Escritor* nº 90. São Paulo, SP, mar. 2000 (texto de Apresentação da 1ª ed. de *A espera do nunca mais*, publicado originalmente em *A Província do Pará*, Belém, PA, 3 nov. 1999).

____ "Um refluir no tempo". *A Província do Pará*. Belém, PA, 23 jul. 2000.

COELHO, Nelly Novaes. "Lançamentos no Brasil". *O Estado de São Paulo*. Caderno 2. São Paulo, SP, 14 set. 2003.

____ "A espera do nunca mais — uma saga amazônica". Livro "Escritores brasileiros do século XX — um testamento crítico". Ed. LetraSelvagem, Taubaté, SP, 2013. Cap. 67, págs. 765-773.

CRUDI, Élvio. "História dos habitantes da Amazônia". *Folha Metropolitana*. Guarulhos, SP, 03 abr. 2001 (entrevista).

CRUZ, Rodrigo Felix. "Decifra-me ou te devoro". *O Trem*. Itabira, MG, out. 2009.

____ "Obra do escritor paraense Nicodemos Sena é exemplo de como a literatura de ficção pode reordenar e recriar a *realidade*". *O Nheçuano nº29*. Roque Gonzalez, RS, mar. 2016.

D'AMBROSIO, Oscar. "Uma extensa e densa aula de Amazônia". *Jornal da Tarde*. Caderno de Sábado. São Paulo, SP, 20 maio 2000.

"Escritor paraense conta saga amazônica". *O Diário*. Mogi das Cruzes, SP, 25 nov. 1999.

"Escritor paraense ganha Prêmio". *Diário do Pará*. Belém, PA, 18 nov. 2000.

"Esperando o nunca mais". *Gazeta Mercantil*. Seção Estante. São Paulo, SP, 14 abr. 2000.

ESTEVES, Leandro. "Mais um saboroso fruto da Amazônia". *LB — Revista da Literatura Brasileira* nº 18. São Paulo, SP, abr. 2000. *A Província do Pará*, Belém, PA, 4 maio 2000.

FERNANDES, Dirce Lorimier. "A saga de um naturalista devorado por canibais em ritmo de folhetim". *O Globo*. Caderno Prosa & Verso. Rio de Janeiro, RJ, 8 maio 2004.

GARCIA, Alfredo. *A Província do Pará*. Caderno Variedades. Belém, PA, 18 jul. 1999 (entrevista).

____ "Escritor propõe uma nova revolução amazônica". *A Província do Pará*. Caderno Variedades. Belém, PA, 5 nov. 1999 (entrevista).

GONÇALVES, Adelto. "A Amazônia resgatada". *O Primeiro*

de Janeiro. Suplemento Das Artes das Letras. Cidade do Porto (Portugal), 20 dez. 2004.

GUIMARÃES, Ildefonso. *A Província do Pará*. Belém, PA, Colunas de 7/14 nov. e 14 dez. 1999.

____ "Lusíadas caboclo". *O Liberal*. Belém, PA, 7 jun. 2002)

HOFFMANN, Nelson. "Mais que um romance". Jornal *Poiésis* nº 103. Petrópolis, RJ, out. 2004.

JORGE, Franklin. "O fabulista Nicodemos Sena". *O Santo Ofício*. Goiânia, GO, 28 jul. 2012.

JUNIOR, Luiz Carlos. "Mergulho na poesia paraoara". *O Liberal*. Caderno Cartaz. Belém, PA, 26 dez. 2000.

KIMIZUKA, Nani. "Obra de Nicodemos Sena mostra face oculta da Amazônia". *Folha Metropolitana*. Guarulhos, SP, 26 nov. 1999.

"Lançamentos de paraenses hoje". *O Liberal*. Belém, 5 nov. 1999.

"Livro de Nicodemos Sena repercute em todo o pais". *A Província do Pará*. Belém, 17 mar. 2001.

LOPES, Carlos Herculano. "Saga da gente do Norte". *Estado de Minas*. Belo Horizonte, MG, 30 maio 2005.

____ "Além da selva". *Estado de Minas*. Caderno Pensar. Belo Horizonte, MG, 16 jan. 2010 (entrevista).

MARTINS, Floriano. "Os dilemas existenciais e estéticos de um romancista brasileiro". *O Escritor* nº 103. São Paulo, SP, jun. 2003 (entrevista).

MONTEIRO, Benedicto. "O romance da civilização fluvial". *O Estado do Tapajós*. Santarém, PA, 5 mar. 2002.

"Nicodemos Sena lança romance na EACV". *Mogi News*. Cultura. Mogi das Cruzes (SP), 7 nov. 2003.

"Obra com raízes e sangue do caboclo da Amazônia". *A Província do Tapajós*. Santarém, PA, 2 jun. 2000.

OLINTO, Antonio. "A espera". *Jornal de Letras* nº 29. Rio de Janeiro, RJ, jan. 2001.

ORTIZ, Iza Reis Gomes. "Nicodemos Sena: um intérprete da Amazônia". Livro *Fronteiras de Saberes*. Orgs. Renan Albuquerque, Michel Justamand, Camilo Sanchez e Josenildo Souza, págs. 107-128, Editora da Universidade Federal do Amazonas, 2016.

"Paraense ganha Lima Barreto". *O Liberal*. Belém, PA, 16 nov. 2000.

PY, Fernando. "Dois Livros de Nicodemos Sena". *Tribuna de Petrópolis*. Petrópolis, RJ, 31 dez. 2016.

____ A Mulher, o Homem e o Cão. Tribuna de Petrópolis. Petrópolis, RJ, 18 mar. 2016.

RAMALHO, Christina. "Um jogo de triângulos". Prefácio da 1ª edição de *A mulher, o homem e o cão*, LetraSelvagem, Taubaté, SP, 2009.

ROCHA, Alonso. "Romance de estreia surpreende". *A Província do Pará*. Belém, 5 nov. 1999.

ROCHA, Dilermando. "Épico acampamento". *Linguagem Viva*. São Paulo, jul. 2006.

ROCQUE, Carlos. "Livros & livros & livros". Coluna. *A Província do Pará*. Belém, PA, 7 out. 1999.

"Romance amazônico à vista". *Jornal da Manhã*. São Paulo, SP, 2 dez. 1999.

"Saga Amazônica". *Boletim Comunicado Unama*. Seção Consulta. Belém, PA, 29 nov. 1999.

SALLES, Vicente. "O caboclo como agente da história". *A Província do Pará*. Belém, 15 mar. 2000.

SAMPAIO, Aluysio Mendonça. “Estreia madura”. *LB-Revista da Literatura Brasileira* nº 18. São Paulo, SP, abr. 2000.

“Santareno faz boa ficção”. *O Estado do Tapajós*. Santarém, PA, 15 mar. 2001.

SANTOS, Carlos Correia. “Com o Norte escrito pelos caminhos”. *A Província do Pará*. Caderno Variedades. Belém, PA, 24 dez. 2000 (entrevista).

SANTOS, Manoel Hygino dos. “Amazônia revisitada”. *Hoje em Dia*. Belo Horizonte, MG, 18 jun. 2006.

_____ “Sobre rios e selva”. *Hoje em Dia*. Belo Horizonte, MG, 11 dez. 2005.

_____ “Em plena selva”. *Hoje em Dia*. Belo Horizonte, MG, 19 mar. 2011.

SOARES, Antônio José. “Nicodemos pousa com seus pássaros”. *Diário do Pará*. Caderno D. Belém, PA, 6 set. 2003 (entrevista).

“Sou daqueles que prezam o estilo”. *Estado de Minas*. Caderno Pensar. Belo Horizonte, MG, 26 jun. 2003 (entrevista).

SAVARY, Olga. “Amazonense faz boa ficção com ‘anos de chumbo’ e choques entre culturas”. *O Globo*. Caderno Prosa & Verso. Rio de Janeiro, RJ, 3 mar. 2001.

_____ “A monumental espera de Nicodemos Sena”. *O Trem*, nº46. Itabira, MG, junho 2009.

“Semana cultural da APL começa amanhã”. *A Província do Pará*. Belém, PA, 5 nov. 2000 (refere-se à participação de Nicodemos Sena como palestrante).

TEIXEIRA, Edivaldo de Jesus. “O Brasil descobre-se amazônico”. *A Província do Pará*. Belém, PA, 20 jun. 1999.

_____ “Um romance que deleita e ensina”. *Literatura — Revista do Escritor Brasileiro* nº 24. Fortaleza, CE, 2003.

THEODORO, Aristides. "A espera do nunca mais". *A Voz*. Mauá, SP, 16 dez. 1999.

"Um romancista santareno". *A Província do Tapajós*. Santarém, PA, 3 mar. 2000 (entrevista).

VASCONCELLOS, Selmo. "Nicodemos Sena Vida & Obra". *Alto Madeira*. Suplemento Litero Cultural. Porto Velho, RO, 11 nov. 2005.

____ "Cordão alado desce da lua". *Alto Madeira*. Suplemento Litero Cultural. Porto Velho, RO, 25 nov. 2005.

VIEIRA, Bruna. "Pássaros de Nicodemos Sena pousam no Litoral Norte". *Imprensa Livre*. Caderno Fim de Semana. São Sebastião, SP, 01 nov. 2003 (entrevista).

ZENI, Bruno. "A mulher, o homem e o cão". *Folha de São Paulo*. Guia da Folha. 78 Dicas. São Paulo, SP, 29 maio 2009.

ZOGHBI, Orlando. "Leia-o, antes que a Amazônia se acabe". *A Província do Pará*. Belém, PA, 27 ago. 2000.

LETRASELVAGEM (2007-2016)
"AUTORES E LIVROS NUTRIDOS DA BOA RAIZ"

Obras que integram o catálogo:

Coleção *Gente Pobre*: (narrativa):
INVENÇÃO DE ONIRA, Sant'Ana Pereira. A MULHER, O HOMEM E O CÃO, Nicodemos Sena. DEUS DE CAIM, Ricardo Guilherme Dicke. O SAL DA TERRA, Caio Porfírio Carneiro. GENTE POBRE, Fiodor Dostoievski. A MALDIÇÃO DE ONDINA, António Cabrita. SELVA TRÁGICA, Hernâni Donato. DIÁRIO DE UM MÉDICO LOUCO, Edson Amâncio. OS VENTOS GEMEDORES, Cyro de Mattos. O FEROZ CÍRCULO DO HOMEM, Carlos Nejar. POEIRA E ESCURIDÃO, João Batista de Andrade. O TRIBUNAL, Álvaro Alves de Faria. OS VIRA-LATAS DA MADRUGADA, Adelto Gonçalves. SOMBRAS SOBRE A TERRA, Francisco Espínola. Próximos lançamentos: CAVALOS SELVAGENS, Silas Corrêa Leite. O LIVRO DOS SUICIDAS, Leonardo Garet. OS DE BAIXO, Mariano Azuela

Coleção *Sentimento do Mundo* (poesia):
TRATADO DOS ANJOS AFOGADOS, Marcelo Ariel. O HOMEM DESERTO SOB O SOL, Edivaldo de Jesus Teixeira. ANIMA ANIMALIS - VOZ DE BICHOS BRASILEIROS, Olga Savary. REFÚGIOS DO TEMPO, Francisco Moura Campos. Próximos lançamentos: A INESPERADA MÚSICA SUBTERRÂNEA, Edivaldo de Jesus Teixeira. O TAMBOR SUBTERRÂNEO, Erorci Santana

Coleção *Boca de Luar* (crônica, documento, reportagem):
UMA GARÇA NO ASFALTO, Clauder Arcanjo. CHORO POR TI, BELTERRA, Nicodemos Sena

Coleção *À Margem da História* (ensaio):
PEREGRINAÇÕES AMAZÔNICAS, Fábio Lucas. ESCRITORES BRASILEIROS DO SÉCULO XX, Nelly Novaes Coelho. RAINHAS DA ANTIGUIDADE, Dirce Lorimier Fernandes. Próximo lançamento: DEFENSORES DE MAOMÉ, Dirce Lorimier Fernandes

Coleção *Sabedoria* (pensamento, escritura, filosofia):
K - O ESCURO DA SEMENTE, Vicente Franz Cecim. Próximos lançamentos: EU VIVO SÓ TERNURAS, Nelson Hoffman. O EVANGELHO SEGUNDO O VENTO, Carlos Nejar

Coleção *Moronguetá* (lendas e mitos brasileiros):
Próximo lançamento: LENDAS E FÁBULAS DO BRASIL, Ruth Guimarães

Este livro foi composto em Janson Text, corpo 12 por 14, e impresso sobre papel Lux Cream70 g/m2, pela Gráfica EME, Av. Brig. Faria Lima, 1080, V. Fátima, Capivari, Estado de São Paulo, Brasil, para a Associação Cultural Letra*Se*lvagem em maio de 2017.